마음껏 도전하고,
멋지게 성공하기

여자,
지금 당장
사업하라!

여자, 지금 당장 사업하라!

1쇄 발행	2020년 05월 21일
2쇄 발행	2020년 06월 21일
지은이	박혜진
발행인	조현수
펴낸곳	도서출판 더로드
마케팅	최관호
IT 마케팅	조용재
디자인 디렉터	오종국 Design CREO
ADD	경기도 고양시 일산동구 백석2동 1301-2
	넥스빌오피스텔 704호
전화	031-925-5366~7
팩스	031-925-5368
이메일	provence70@naver.com
등록번호	제2015-000135호
등록	2015년 06월 18일
ISBN	979-11-6338-072-6-03810

정가 15,000원

파본은 구입처나 본사에서 교환해드립니다.

마음껏 도전하고,
멋지게 성공하기

여자,
지금 당장
사업하라!

박혜진 지음

도서
출판 **더로드**
The Road Books

"평생 이렇게 살 것인가?"

나이 오십을 넘고서야 삶을 돌아볼 여유가 생겼다. 내 삶에도 소중한 순간들이 있었을 테지. 가만히 짚어보니 가슴이 뜨거워졌다. 울컥 치밀어 오르는 감정은 슬픔이나 회한이 아니었다.

'참 잘 살았구나! 잘도 버티며 여기까지 왔구나!'

대견하고 기특했다. 다시 돌아간다면 그토록 열심히 살 수 있을까?

생각이 여기에 이르자 글을 써야겠다는 생각이 들었다. 주저하고 망설이는 사람이 있다면, 내 삶의 이야기가 힘이 되고 격려가 되어줄 수 있을 것 같았다.

경남 창원에서 모임 공간 "모모"를 운영 중이다. 남들은 나를 '대표'라 부른다. 과거에도 나는 다양한 종류의 '대표'였다. 사업은 삶이었고 일상이었다. 커다란 기업을 일으켜 재벌이 된 것도 아니고, 해외에 사업체를 둘 만큼의 글로벌 CEO도 아니다. 굳이 말하자면 '작은' 사업가쯤.

그래서 더 쓸 수 있겠다는 용기가 생겼다. 누구나 사업을 시작할 수 있고, 특히 여성의 경우 자신만의 '일'을 통해 삶을 대하는 태도가 달라질 수 있고, 할 수 있다는 성취감을 가질 수 있다는 사실을 전달하고 싶은 생각이 선명해졌다.

총 다섯 개의 파트로 구성했다.

우선, 1장에는 나의 이야기를 먼저 적었다. 특별할 것 없는 이야기를 적은 이유는 특별할 것 없기 때문이다. 평범하고 소박한 삶을 살았다는 이유로 '지금'과 '미래'마저 작은 사이즈로 살아야 할 필요는 없다. 내 이야기를 통해 당신이 한 수 위라는 사실을 보여주길 기대한다.

2장은 무모할 정도로 '덤벼들었던 도전'에 대한 이야기다. 사업을 시작하려는 사람 혹은 뜻이 있는 독자들이 간접적인 시행착오를 겪기 바라는 마음이다.

이어지는 3장에서는 사업 준비에 관한 이야기다. 꼼꼼하고 철저한 준비가 성공으로 직결된다. 한 가지 주의할 점은, 이 책에서 말하는 '준비'는 도전을 전제로 한다. 실행을 발목 잡는 변명과 핑계로서의 준비와는 반드시 분간할 수 있었으면 좋겠다.

4장에서는 사업하는 과정에서 빠트리지 말아야 할 핵심적인 요소들을 정리했다. 교과서처럼 하나하나 일목요연하게 정리하기보다는, 내 경험을 바탕으로 '이야기 형식'으로 썼다. 공부한다는 생각보다 경험담을 듣고 이해하는 방식으로 읽어주길 바란다.

끝으로 5장에서는 당당하고 자신감 넘치는 삶을 이야기한다. 한 번뿐인 인생이다. 가족을 비롯해 주변 사람들 챙기느라 '뒷바라지하는 삶'을 살아가는 사람이 많다. 그 삶을 깎아내리고 싶은 마음은 추호도 없다. 다만, 마음속에 끓어오르는 피를 애써 누르며 자신을 스스로 작게 만드는 사람들에게 용기와 투지를 전하고 싶은 마음 간절

여자, 지금 당장 사업하라!

할 뿐이다.

나는 사업하는 여자다. 사업을 통해 인생을 배웠고, 수없이 흔들리고 쓰러져 상실과 패배를 배웠다. 덕분에 성장했다. 여전히 두렵기도 하고 때로는 쓸쓸하고 외로워 눈물을 쏟아내기도 한다. 분명한 것은, 혹여 남은 삶에서 낯선 시련과 고통을 만나게 되더라도 나는 여전히 부딪쳐 도전하고 쓰러지고 다시 일어서기를 주저하지 않을 거란 사실이다.

삶은 언제나 우리를 시험한다. 즐겁고 행복한 일들로 더없이 기쁘게 만들기도 하지만, 무기력하게 쓰러뜨려 삶의 의욕을 잃게 만들기도 한다.

삶이 다하는 날, 지난 시간을 돌이키며 '시험 점수'를 계산하고 싶지는 않다. 나는 늘 최선을 다했고 당당하게 시험에 임했으며 주어진 결과에 떳떳할 수 있었다고 말할 수 있다면, 그것으로 나는 내 몫을 다했다고 믿는다.

사업하는 여자다. 도전하는 여자다.

이 책이 사람들의 가슴을 조금이라도 뜨겁게 만들 수 있다면 바랄 것이 없겠다.

2020년 봄, '도전'하는 여자

저자 박 혜 진

여자, 지금 당장 사업하라!

추천의 글 | Recommender

코로나 19 이후 경제 전반에 거대한 변화가 있을 것으로 예측된다. 역경을 이겨내고 승리하는 사람도 분명 있을 것이다. 새로운 도전이 필요한 시기다. 상황에 맞는 판단과 아이디어가 절실하고, 변화를 보는 눈과 실행력도 빠질 수 없는 요소다. 새로운 도전을 통해 거듭 성장한 박혜진 대표의 이야기는 실패에 대한 두려움 극복과 창의적인 사업 구상에 도움을 줄 것이라 믿는다. 도전하는 사람들에게 큰 용기와 동기를 부여하는 책이다.

김지원(한국여성경제인협회 경남지회장)

박혜진 대표가 자신의 목표를 이루어 가는 과정을 기록한 책이다. '빛나는 삶의 여정'이다. 현재의 삶에 안주하지 않고 목표를 향해 나아가는 삶, 자신만의 색으로 빛을 만드는 인생, 절망과 좌절을 극복한 삶의 궤적을 드라마처럼 보여준다. 특히, 한계에 부딪혔을 때 자신만의 결단과 추진력으로 하나씩 돌파하는 모습이 인상적이다. 새로운 시도를 두려워하지 않고 과감히 도전한 그녀의 고군분투한 세월이 '시작'을 앞둔 많은 이들에게 도움 줄 거라 확신한다.

김창수(前 KBS 창원 편성제작 국장)

저자와는 대학 선후배로 만나 오랜 시간 함께 했다. 그럼에도 내가 잘 몰랐던 이야기, 지금의 그녀를 만든 삶의 이야기를 책을 통해 만날 수 있었다. 실컷 수다를 떨고 난 느낌이었다. 사업을 시작하려는 이들, 또는 편안한 마음으로 대화를 나누고 싶은 사람들에게 이 책을 권하고 싶다. 도전을 앞둔 이들에게 실질적인 도움이 될 것이며, 특히 경력단절 여성들에게 많은 공감과 동기부여가 될 거라 생각한다.

정성희(경남여성새로일하기센터장)

Contents | 차례

**당신과 다를 게
없었습니다**

01

1장에서는

나의 이야기를 먼저 적었다. 특별할 것 없는 이야기를 적은 이유는 특별할 것 없기 때문이다. 평범하고 소박한 삶을 살았다는 이유로 '지금'과 '미래'마저 작은 사이즈로 살아야 할 필요는 없다. 내 이야기를 통해 당신이 한 수 위라는 사실을 보여주길 기대한다.

01

백지 답안지를 내다

"이번 수학시험에 내가 백지를 내면 햄버거 사주는 거 어때?"

"에이, 거짓말. 네가 정말 백지 내면 난 천 원 건다."

"나도 천 원!"

"나도!"

"난 햄버거 세트 사줄게!"

"나도!"

햄버거가 귀한 시절이었지만 그 당시 물가로 천 원이면 거뜬히 햄버거 세트를 사 먹을 수 있었다. 무심코 던진 말이었는데 일이 커져 버렸다. 그냥 뱉은 농담이라 말하기엔 이미 늦어버렸고, 허풍쟁이라는 말도 듣기 싫었다.

"내기할 사람은 여기 이름 적어. 이름 옆에 천 원, 햄버거 세트라고 구분해서 쓰기다. 못 지킬 사람은 아예 적지 마!"

수학시험 당일, 가슴속에 거인이 들어와 쿵쾅거리며 뛰어다니는 듯했다. 모르는 문제가 많아 시험을 망치면 어쩌나 걱정할 때보다 몇 배로 긴장되고 떨렸다. 만일을 대비해 작은 종이에 답을 써 놓고 이름만 적은 백지를 제출했다.

'아, 나 진짜 미쳤다. 내가 지금 뭘 한 거지? 선생님이 가만있지 않으실 텐데……'

백지 답안지를 제출하고 나니 그제야 정신이 번쩍 들었다. 얼굴은 하얗게 질리고 다리가 후들거렸다. 매도 먼저 맞는 게 낫다고 했던가. 수학 시간을 그렇게 간절히 기다린 적은 내 생에 처음이었다. 드디어 목이 빠지게 기다렸던 수학 시간, 백지 답안지를 냈다는 내 말에 콧방귀만 뀌던 친구들은 모두 선생님의 첫마디만 기다리고 있었다.

"너희 반 수학 평균이 제일 꼴찌다. 답안지를 백지로 제출한 녀석도 있어! 박혜진! 지금 당장 교무실로 따라와!"

내 덕에 수업 대신 자율학습이 되자 친구들은 신이 났다. 낮은 수학 점수로 혼날 생각에 전전긍긍했던 친구들은 다행이라고 안도의 한숨을 내쉬었다. 교무실에서는 어떤 일이 벌어질까 얘기를 나누느라 우리 반은 그야말로 아수라장이 되었다. 친구들을 뒤로 한 채 나는 따로 써둔 답안지를 들고 선생님 뒤를 따라갔다.

선생님께 사실대로 말씀드렸더니, 선생님은 기가 막히고 어이가 없다는 표정을 하시고서 말을 잇지 못하셨다. 회초리 들 힘조차 없었는지, 반성문을 써서 입에 물고 교무실 앞에 꿇어앉아 있으라 하셨다. 쉬는 시간 종이 울리자 다른 반 친구들까지 우르르 구경을 와 교무실 앞은 그야말로 장관이었다. 교무실로 들어오시려는 선생님들이 복도를 지나기조차 버거운 정도였다.

"이번 시험은 성적에 반영되지 않고 가벼운 진단평가여서 이 정도로 넘어가는데 다음에는…… 하기야 다음에 또 이러지는 않겠지?"

라며 선생님은 자비를 내리셨고 손이 발이 되도록 선생님께 빌었다. 그 후로는 수학 수업 하나만큼은 누구보다 더 열심히 들었고 덕분에 성적도 올려 선생님께 은혜를 갚았다. 내가 생각해도 참 황당하다. 어찌 그런 무모한 짓을 했을까 싶다.

게다가 우리 반 신문을 매주 만들어서 선생님들 인기투표와 최신 동향을 따끈따끈하게 올렸다. 신문이라지만 기자가 지금의 파파라치 수준이었다. 선생님들은 그 신문에 흥미를 느끼기도 했지만 어떤 소식이 올라올지 몰라 은근 긴장하시기도 했다. 우리 반 때문에 선생님들이 아주 힘이 드셨을 거라 생각한다.

소풍 갈 때면 반별 장기자랑을 준비하느라 며칠을 방에서 쥐 죽은 듯 있었다. 허슬(디스코의 춤)을 안무하고 음악 편집을 위해 방에서 나름 애를 쓰느라 아무 데도 나가지 않고 조용히 있으면 외할머니께서

"또 소풍 가는 가베. 무당 짓 하느라 나오지도 않고 좁은 방에 처박혀서 뭐 하는 짓이고. 아이고……." 하셨다.

음악 편집이라고 거창하게 말했지만 큰 녹음기 두 대를 마주 보게 하고 카세트테이프에서 나오는 음악을 원하는 부분까지만 딸깍 녹음하고 또 녹음하며 여러 음악을 짜깁기하는 식이었다. 지금 말로 하면 리믹스라고나 할까. 국내 가요와 팝송을 섞어서 하나의 곡으로 만들고 안무도 짜고 친구들의 자리를 배치하는 일도 했다. 녹음하면서 행여나 잡음이 들어갈까 봐 숨도 제대로 못 쉬고 녹음기 두 대를 바짝 붙여 녹음하고 끊고를 반복했다. 녹음이 거의 마무리되어 갈 때쯤, 외할머니께서 방문을 벌컥 열고 들어오실 때는 하늘이 노랬다. 당시 우리 집에는 녹음기가 없어 친구들 녹음기를 빌렸기 때문에 빨리 녹음을 끝내고 돌려줘야 했는데 외할머니 때문에 다 망쳐버린 거다. 처음부터 생고생을 다시 해야 하니 너무 속상하고 화가 나서 외할머니께 화풀이도 했다.

외할머니도 화가 나서 찬장을 망가지게 만든 사건까지 언급하며 야단을 치셨다. 세 개의 북을 치면서 춤을 추는 삼고무를 연습한다고 찬장 문을 양옆으로 열고는 북채 대신 젓가락으로 찬장을 두드리

며 춤 연습을 하다 찬장이 망가져 버렸다. 그 후 연례행사처럼 무슨 사건이 터질 때마다 항상 패키지로 야단을 듣는다. 그런 날에는 다시 녹음을 시작하지 못하고 밤까지 쪼그려 앉아 야단을 들어야 했다. 외할머니의 기분에 따라 강도는 달라졌다. 더 많이 화가 나신 날에는 장사하는 어머니에게 전화를 걸어서

"네 딸 때문에 못 살겠다. 당장 집에 와서 데려가라."라고 하시고는 전화를 사정없이 끊어버리셨다. 할머니는 어머니가 오실 때까지 끈질기게 전화하시는 성미라 그런 연락을 받은 날은 어김없이 어머니가 오셔야만 했고 밤늦도록 계속 사과를 해야 분한 마음을 추스르시는 분이셨다.

외할머니의 속을 많이 썩였지만, 나의 뜬금없는 행동들은 친구들과 허물없이 잘 지낼 수 있는 계기가 되었다. 우리 지역에서 학생 수가 제일 많았던 우리 학교는 다양한 교내 행사가 있었다. 그중 교내 합창제가 있었는데 운 좋게 우리 반 지휘를 맡아 지휘자 상도 받았다. 합창은 단합이 기본인데, 친구들과 편한 관계는 합창 연습을 하는 내내 웃음꽃을 피우고 좋은 결과로 이어졌다. 학창시절, 엉뚱한 일들을 벌이며 함께 웃고 가슴 졸였던 친구들과의 소중한 추억은 삶을 낙관적이고 긍정적으로 볼 수 있게 하는 좋은 밑거름이 되었다.

02

작은 호기심으로 시작된 인연

　　경남 진해가 고향인 나는 초등학교 2학년 때 마산으로 전학을 갔다. 좀 더 나은 학군으로 보내려는 어머니의 욕심으로 우리 집 학군이 아닌 다른 초등학교로 전학 서류를 내고 전학 허가가 날 때까지 기다렸다. 하지만 나는 만 6세가 되기 전에 초등학교에 입학했기 때문에 전학이 쉽지 않았다. 당시 마산이 진해보다 큰 도시였고, 행정 구역이 달라 업무처리도 달랐는지 전학 허가가 나지 않아 거의 반 학기를 집에서 놀 수밖에 없었다.

　　놀 때는 좋았는데 정상적으로 전학 처리가 되고 학교에 갔더니 친구들은 이미 구구단을 다 외웠고 과목마다 교과 진도가 꽤 많이 진행된 상태였다. 게다가 새 학교는 학군이 좋아 과외수업을 받는 집들도 많아서 선행학습을 하고 온 친구들도 많았다. 선행은커녕 몇 달을 집에서 놀다 간 나는 학교 수업을 따라가기 어려웠다. 집안 형편이 어려워 과외는 꿈도 꿀 수 없었고, 무남독녀인 나는 숙제를 도와줄 언니, 오빠도 없었다. 어머니는 외지에서 장사하시고 외할머니 밑에서 자라다 보니 해결하기 힘든 과제를 받아도 혼자 끙끙대다가 결국 포기하고 가는 날이 부지기수였다. 그런 날에는 학교에 가서 담임선생님께 야단도 듣고 친구들의 비웃음에 창피함을 느끼며 고개를 푹 숙여야 했다. 그런 날이 반복될 때마다 나는 배가 아프다는 핑계를 대고 학교를 자주 결석하기도 했다.

이때부터였다. 자격지심이었는지 아버지가 안 계신다는 것에 조금씩 불편한 마음을 가지기 시작했다. 집안 형편이 넉넉하지 않아 유치원에 가지 못한 나는 초등학교 저학년 때, 유치원에 관한 대화를 할 때면 더 주눅이 들었다. 특히 여자 친구들은 학교에 오면 아빠 얘기를 많이 하는 편이고, 가족과 여행가거나 외식한 얘기들로 웃음꽃을 피웠다. 그럴 때마다 할 말이 없어지고 점점 작아지는 나를 느껴야 했다. 초등학생들의 대화가 별다른 게 없었을 텐데 그때는 엄청나게 서러워했다.

그러다 보니 자연히 학교보다는 집에서 지내는 시간이 많아졌다. 집에서 우두커니 있으니 외할머니께서 집주인인 피아노 선생님께 나의 피아노 레슨을 부탁하셨다. 집안 사정을 얘기하시며 레슨비 대신 집안일을 해주는 조건이었다. 외할머니는 연세가 많으셨지만 시대를 앞서가는 생각을 하셨다. 제대로 학교는 못 다니셨지만, 그 연세에 독학으로 한글과 일본어를 읽고 쓰셨다. 게다가 여자는 나이가 들어서도 집에 피아노만 있으면 피아노를 가르치고 돈을 벌 수 있다는 얘기까지 하셨다.

피아노를 시작한 나는 나름 잘 친다는 칭찬도 듣고, 교회나 단체 행사가 열리는 곳에서 피아노 연주를 하곤 했다. 그러면서 나의 자존감은 서서히 올라가는 듯했다. 그렇게 1년 남짓 피아노를 쳤지만 나 때문에 할머니가 남의 집 일을 한다는 게 어린 맘에도 불편한 생각이 들어 피아노가 싫어졌다. 그러던 중에 무용을 하는 친구를 보고 무용에 빠져 피아노를 더욱더 치기 싫어졌다.

우리 반에 매일 인형처럼 꾸미고 오는 여자아이가 있었는데, 학교에 오면 집 자랑과 아빠 자랑을 하는 밉살맞은 친구였다. 샘도 났지만 당당한 모습의 그 친구가 너무 부러웠다. 그 친구는 학교를 마치고 매일 무용학원에 다녔는데 예쁜 원피스를 입고 폴짝폴짝 뛰는 그 모습이 너무 부럽고 예뻐 보였다. 나도 예쁜 무용복을 입고 춤을 추고 싶은 마음에 외할머니께 말씀드렸다가 엄청나게 꾸중만 듣고, 어머니가 오실 때까지 기다렸다가 또 졸랐는데 학원비가 너무 비싸다고 그냥 학교 무용반에 들어가는 것이 어떠냐고 하셨다. 지금도 그렇지만 예체능은 집안 형편이 좋지 않으면 배우기가 힘들고, 무용은 작품이 들

여자, 지금 당장 사업하라!

어갈 때마다 작품비가 많이 들었다. 독무를 하게 되면 재능도 있어야 하지만 의상과 작품비가 만만찮았다. 그에 비해 학교에서 하는 무용반은 돈이 거의 안 들고 개천 예술제 같은 대회를 나가서 상을 받게 되면 지역행사에 초대받기도 하고 교내 공로상을 받기도 했다.

초등학교 4학년 여자아이가 예쁜 무용복을 입어보고 싶다는 호기심에 시작된 무용은 고등학교 2학년까지 계속되었다. 초, 중, 고등학교 무용반에서 계속 특활활동을 했지만, 외할머니는 피아노를 그만두고 무용을 한다고 싫어하셨다. 무용제가 열릴 때마다 구경하러 오셨지만 사진 속의 외할머니 모습은 언제나 못마땅한 표정이셨다. 내가 열심히 해서 그런지, 키가 커서 그런지 다 함께 군무를 출 때도 독무처럼 배역이 주어지고 선생님들께 인정도 받았다. 무용제에서 상도 많이 받고 공로상도 몇 번 받았다. 재능이 있다며 중학교 때 무용 선생님은 예고를, 고등학교 때 무용 선생님은 무용 전공을 권했으나 본격적으로 무용을 하게 되면 돈이 많이 들었기 때문에 특활활동으로만 만족했다. 그만둘 때까지 계속되는 외할머니의 호통도 꿋꿋이 견디며 무용을 악착같이 했다. 내가 좋아한 만큼 열심히 했고 즐겼기에 그만둘 때 아쉬움은 있었지만 후회는 없었다. 그리고 언젠가 취미 생활로 반드시 다시 할 생각이었다.

취미 생활로 다시 무용을 하리라는 결심은 지역 방송국 어린이 합창단 안무 선생님을 겸업하는 인연으로 이어졌다. 대학 졸업 후 직장을 다니면서 학창시절 무용 선생님께 연락했다가 우연히 방송국 일을 하게 되었다. 사업을 준비하며 프리랜서로 일하는 중이어서 시간도 괜찮고 겸업이 가능했다. 무엇보다 좋아하는 일을 할 수 있고 방송국 일 또한 흥미로운 경험이었다. 방송국 일은 결혼 후 첫째 아이를 출산할 즈음 그만두게 되었다. 그 후 25년이 지난 지금은 여성합창단에서 뮤지컬을 하고 있다. 이 나이에 이렇게 멋진 취미활동을 할 수 있어 너무 행복하고, 공연을 보러 온 주변 사람들이 재미뿐만 아니라 감동을 받고 힐링의 시간이 된다고 하니 이 또한 기분 좋은 일이다.

여자, 지금 당장 사업하라!

어린 시절 피아노 연주했던 기억에서 무용한 기억으로 옮겨가며 아련한 추억들을 떠올리니, 문득 우리 아이들에게 미안한 생각이 든다. 좋아서 시작하게 된 취미는 나이가 들어서도 계속할 수 있고 직업으로도 연계될 수 있는데, 아이들에게 공부만 강요했다. 자녀를 키우는 부모들은 이 점을 참고했으면 한다. 원 없이 하고 싶은 일을 해보니 후회도 없고 다른 일을 할 때도 집중할 수 있었다. 부모는 공부하기를 원하지만, 자녀가 공부 외에 다른 취미나 특기에 관심을 가진다면 하고 싶은 만큼 하라고 응원한 뒤 내버려 뒀으면 한다. 본인이 직접 해 보다가 그 길이 아니다 싶으면 공부를 할 수도 있고 다른 특기를 발견할 수도 있다. 공부하기도 바쁜데 이것저것 하게 내버려 두라고? 라며 불만을 제기하는 분들도 계시겠지만 지금은 예전과는 확연히 다르다. 인생이 길어져서 다급해할 필요가 전혀 없다. 행복한 아이의 미래를 위해 부모가 애쓰는 거라면 진정 아이에게 필요한 부분에 애써야 하지 않을까? 부모와 자녀 모두 쓸데없는 곳에 에너지를 낭비할 필요가 있을까? 자식에게 쓸 에너지는 차라리 본인에게 쓰는 편이 백번 낫다.

아이들이 어중간한 부모보다 낫다는 것을 키워보니 알겠더라. 무조건 믿고 기다리자.

03

대학은 가서 뭐하게

　택배가 왔다. 기다리던 커피 머신을 꺼내 혹여나 깨진 데는 없나, 빠진 건 없나 확인한 뒤 상자를 살펴보니 제법 튼튼하다. 나도 모르게 그 상자를 보관하겠다고 접고 있는 나를 발견한다.

　친정어머니는 요즘도 튼튼한 상자가 보이면 버리지 못하고 항상 보관하신다. 자리를 많이 차지하고 지저분하다며 버리자고 해도 장소를 옮겨놓으면서까지 버리지 않으신다. 나도 한동안은 그랬다. 학원을 할 때 교구가 오는 날이면 더 깨끗하고 튼튼한 상자를 선별해서 창고에 쌓아두었다.

　우리 모녀의 이런 습관은 이사를 너무 많이 다녀서 생긴 버릇이다. 이삿짐을 싸야 하니 이사를 할 때마다 크고 튼튼한 상자를 구하

여자, 지금 당장 사업하라!

러 여러 가게를 돌아다니고 길거리를 살피며 다녔다. 어린 시절, 집 주인이 월세를 올릴 때마다 외할머니와 어머니의 한숨은 커지고 이사 갈 집을 알아보러 여기저기 다니셨다. 어떤 때는 이삿짐을 풀지도 않고 그대로 뒀다가 이사를 할 때도 있었다. 그때는 계약 기간이 짧았는지 이사를 하고 얼마 지나지 않아 또 이사하고 수시로 이삿짐을 꾸린 거 같다. 이사를 할 때마다 큰 상자를 구하는 게 어려워 상자를 보관해두려 해도 방 하나, 부엌 겸 거실 하나인 집에 상자들을 보관하는 게 쉬운 일은 아니었다. 밖에 두면 집주인이 싫어하고 비에 젖어 쓸 수도 없었다. 그 상자를 보면서 온 가족이 집 없는 설움을 느끼며, 각자 짐을 꾸리면서 많은 생각을 했으리라.

집도 비좁고 이사를 자주 다닌 이유로 학창시절, 친구들을 집으로 초대할 수가 없었다. 초등학생 때는 친구들과 노는 것이 마냥 좋아 집이 초라해도 당당히 친구들을 불러서 놀기도 했지만, 사춘기 시절에는 그런 모습을 보여주기 싫어 친구들에게 집 근처를 알려주지도 않았다. 집 앞 버스정류장에서 같이 하차하는 친구를 우연히 만나고부터는 그 친구와 같이 버스 타기조차 피했다. 어쩌다 같은 버스를 타면 버스에서 내려 친구와 인사를 하고 반대 방향으로 재빨리 뛰어갔다. 뛰다가 친구의 모습이 보이지 않으면 큰길로 다시 나와 집으로 향하는 골목으로 한참 달려가 죄지은 사람처럼 주변을 살피고 허름한 이층집으로 들어가곤 했다. 2층에 올라가서도 뒷방에 세 들어 사는 집에 주로 살았기 때문에 누가 볼까 봐 몸을 숙이고 겨우 들어 갔다. 이런 우스운 짓을 하며 집에 들어가는 자신이 너무 초라하게 느껴졌다.

이런 환경에서 자라서인지 어른이 되면 반드시 돈 많은 부자가 되 겠다고 다짐했다. 직장생활보다 사업을 하면 부자가 빨리 될 거라 생각하고 어릴 때부터 큰 사업을 꿈꾸었다. 호텔도 짓고 백화점도 내 이름을 넣어서 지을 거라 결심했다.

대학을 진학할 때였다. 고등학교 3학년 담임선생님께서 여자들의 직업으로는 교사가 제일 좋다며 교육대학이나 사범대학으로 원서를 넣으라고 추천해 주셨다. 물론 교사라는 직업이 좋은 직업이고 보람 있는 일이긴 하지만 나는 어릴 때부터 자기 사업을 하고 싶었던 터 라 교육대학이나 사범대학을 전혀 가고 싶지 않았다. 그 당시에는 입시에 대한 정보를 얻을 곳도 없었고, 고3 담임선생님의 대학교 추 천이 최상의 컨설팅이었기에 선생님의 추천을 거스르는 일은 큰 반 항이었다. 그렇지만 나의 뜻은 완고했다. 결국 선생님은 나의 대입 상담을 포기하셨고 역정을 내시며 알아서 하라고 하셨다. 나이 마흔 이 넘어서 담임선생님을 우연히 뵌 적이 있는데, 그때의 일을 회상 하며 나 때문에 힘들었다고 하셨다.

여자, 지금 당장 사업하라!

"지금도 그렇게 고집스럽냐? 그 당시 상담할 때 내 말 안들은 녀석은 너밖에 없어." 라며 핀잔을 주신 기억이 난다. 담임선생님의 추천을 거부하며 큰소리를 치긴 했지만 사실 막막했다. 대학입학 시험결과가 좋지 못한 터라 내가 원하는 서울의 대학에 장학금을 받으며 다닐 수 있는 상황이 아니었다.

외할머니는 처음부터 내가 대학 가는 것을 완강히 반대하셨다. 형편도 어려운데 여자가 대학은 가서 뭐 하려고 그러느냐, 엄마 등골을 휘게 하고 간을 빼먹는다며 고3인데도 늦게까지 공부하면 역정을 내셨다. 장학금으로 대학을 가야 하는데 시험 결과가 좋지 않으니 막막했다. 의논할 사람도 없고 너무 속상해서 길을 걷다가도 하늘을 보다가도 매일 눈물을 쏟아냈다. 재수를 생각해 보았지만, 이런 집안 형편으로 1년을 더 공부한다는 건 아무래도 무리였다. 담임선생님의 말씀을 들을 걸 그랬나? 살짝 마음이 흔들리기도 했지만 아무리 생각해도 원하지 않는 학과에 입학해서 몇 년을 보낸다는 건 더 끔찍한 일이었다.

대학을 거의 포기한 상태로 매일매일 우울하게 보내던 차에 친한 친구가 지역 국립대학교에 전액 장학금을 받고 입학한다며 나에게도 그 학교를 권했다. 학과 수석을 하면 전액 장학금을 주고, 일정

학점 이상이면 4년 연속 전액 장학금을 준다고 했다. 국립이라는 장점도 있고 친한 친구가 같이 입학하자고 했지만 꿈꾸던 대학이 아니라 원서접수 마감일까지 망설였다. 원서접수 마감 시간까지 재수, 대학 포기, 국립대 입학을 두고 고민하다가 자포자기 심정으로 원서를 넣었다. 친구와 나는 각자 학과 수석을 해야 하니 겹치지 않는 과로 원서를 넣었다. 학교와 학과 선택을 마감 직전에 충동적으로 결정하다니 참 철도 없고 무모했다. 중학교 시절부터 꼭 가고 싶은 학과가 있었고 그 생각이 단 한 번도 변한 적이 없었지만, 내가 가고 싶은 학과는 그 친구가 먼저 접수했기에 나는 내가 원하지 않는 학과에 원서를 접수했다.

그렇게 대학을 입학하고 계속 아르바이트를 했다. 물론 장학금으로 학비 걱정은 없었지만, 대학을 졸업하자마자 사업을 하겠다는 나의 굳은 의지로 계속 돈을 모았다. 학기 중에는 중·고등학생 과외를 하고 방학이 되면 2~3가지의 아르바이트를 추가로 하면서 종잣돈을 모았다. 매월 금액이 늘어나는 적금통장을 보며 사업의 꿈을 키웠다.

자기소개서에 사회 경험을 쓴다면 나열할 일들이 많아 쓸 자리가 모자랄 정도로 일했다. 은행에서 고객들의 업무를 도와주는 도우미를 하면서 은행 업무도 조금 알게 되고, 경찰서 업무 보조로 건널목이나 복잡한 도로의 교통안전 도우미도 의미 있는 일이었다. 공원에서 잡초를 베는 일을 할 때 낫을 나눠줬는데 사용법을 몰라 손으로 뽑으며 주위의 눈치를 보았던 기억도 난다. 교내에서 한 명만 지원할 수 있고, 위촉장도 받은 전화국 모니터링은 힘들었지만 꽤 흥미로웠다. 공중전화를 이용했는데, 동전이 내려가기 전에 급히 전화하느라 긴장해야 했다. 민원인을 응대하는 태도를 살피러 암행어사처럼 몰래 전화국을 갈 때는 혼자서 괜히 신났다. 버스를 타고 시골로 이동해야 할 때는 돌아오는 버스 시간을 확인하지 못해 난감한 적도 있었다. 그 당시에는 힘들었지만 그런 다양한 종류의 경험들이 사업에 많은 도움이 되었다.

04

비 맞은 생쥐 꼴로

　　1990년, 대학 졸업을 앞두고 근처 상가를 알아
보았다. 사업이라 말하기는 너무 소소하지만, 나의 첫 사업은 학교
앞에서 떡볶이 가게를 여는 것이었다. 여기저기 아르바이트를 하면
서 열심히 돈을 모았지만 학교 앞의 가게 임대료는 생각보다 너무
비쌌고 가진 돈은 턱없이 부족했다. 게다가 학교 근처 상가에서 떡
볶이 가게를 하는 사장들에게 찾아가서 여러 가지 궁금한 점들을 물
어봤지만 제대로 된 답은 들을 수 없었다. 다른 지역의 사장들에게
손님으로 가서 요령껏 질문해야 했는데 경쟁자로 찾아가 대놓고 물
어보니 제대로 답을 해줬을 리가 만무했다. 떡볶이 사업에 대해 제
대로 알지도 못하고 자본금이 얼마나 필요한지도 모르면서 무작정
덤빈 나 자신이 한심스러웠다.

　　　　　　　　　　　　　　　여자, 지금 당장 사업하라!

그러던 중 서울고속버스터미널에 있는 도넛 가게를 보고 그 가게를 해보겠다고 결심했다. 어릴 때부터 서울에서 자리를 잡고 싶다는 생각으로 살았기 때문에 가끔 혼자 서울로 갔다. 다른 돈은 알뜰히 썼는데 서울 가는 버스비는 아깝지 않았다. 서울에 도착해도 연고가 없고, 당일 다시 내려와야 해서 터미널 주변만 돌아다니다 온다. 신기한 물건들과 지방에서 볼 수 없는 특이한 가게들을 구경하느라 내려오는 버스를 타는 것이 늘 아슬아슬했다. 그렇게 구경하러 다니다가 다양한 모양의 도넛을 파는 가게를 보았는데 손님들로 북적였다. 게다가 아주 작은 도넛은 먹기도 쉽고 저렴한 편이라 더 많이 팔렸다. 순간 집 앞에 있는 큰 마트가 머리에 떠올랐다. 그 마트 안에는 몇 개의 작은 매장들이 따로 운영되고 있었는데 그중 하나가 비어 있었다. 기존에 있던 매장이 나간 이후 계속 비어 있어서 임대료가 저렴했다. 서울을 오가며 좀 더 알아봤고 내가 가지고 있는 돈으로 시작할 수 있었다.

아주 작은 매장이지만 드디어 나의 가게를 갖게 된다니 감개무량하다는 말은 이럴 때 쓰는 거겠지? 이 기쁜 소식을 외할머니께 말씀드렸다. 그런데 외할머니의 반대는 이루 말할 수가 없었다. 글을 쓰는 지금도 그때 일을 생각하면 가슴이 턱 막힐 지경이다. 여자가 장사하면 주변에서 곱지 않게 보고 시집도 제대로 못 간다고 말씀하시며 가게를 열면 가만두지 않겠다고 으름장을 놓으셨다. 장사하는 여자는 기가 세서 아무도 안 데려간다 하시며, 그렇게 돈을 모았으면 엄마가 지고 있는 빚을 갚는 데 도움을 줄 생각은 않고 쓸데없는 망상이나 한다며 크게 나무라셨다. 외할머니 성격으로는 도넛 판매점을 열어도 매일 찾아오셔서 고래고래 소리를 지르실 게 뻔했다. 외할머니의 역정을 이길만한 용기가 없었는지, 많지 않은 나이에 혼자 알아보고 시도하려니 두려웠던 건지 첫 사업의 시작은 또다시 그렇게 무너졌다. 앞으로 어떤 사업을 알아보더라도 외할머니를 설득해서 이길 자신이 없다면 무의미한 일이었다. 날개 잃은 새처럼 어깨를 늘어뜨리고 모은 돈 일부는 집에 내놓고 일부는 통장에 간직한 채 취업 준비를 시작했다.

이런 집안 환경에서 벗어나고 싶은 마음에 다른 지역으로 취업 결심을 했다. 지금처럼 인터넷으로 취업 정보를 찾아볼 수 있는 시대가 아니기에 무작정 서울로 갔다가 직장을 구하는 동안 비싼 물가를 감당할 수 없을 거 같아 부산을 생각했다. 마침 부산의 큰 입시학원에서 영어, 독일어 강사를 구한다는 공고가 학과 사무실에 붙어있었다. 입시학원에서 면접을 보고 다음 달부터 출근하라는 통지를 받았다. 게다가 집도 해결할 수 있었다. 원장님 자녀의 공부를 돕는다는 조건으로 원장님 댁에 머물러도 된다는 것이었다. 이래저래 잘됐다 싶어서 짐을 꾸리기 시작했다. 예상대로 외할머니는 또 반대하셨다.

"아직 어린 여자애가 집을 벗어나서 다른 도시에서 혼자 산다고? 절대 안 된다!"

내 그럴 줄 알았다. 뭐 하나라도 된다고 한 적이 없었으니까.

'치, 이거는 이래서 안 된다, 저거는 저래서 안 된다, 여태 된다고 한 게 하나도 없으면서. 누가 이번에는 시키는 대로 할 줄 알고? 어휴, 이럴 때 다른 형제자매가 있으면 나는 없는 자식으로 생각하라며 마음대로 하는 건데.'

바쁘게 짐을 싸면서 입은 쉴 새 없이 계속 구시렁거렸다. 출근하라는 날짜는 아직 멀었지만, 일찍 입주해도 된다는 말에 대충 짐을 싸서 부산 가는 버스를 타러 나섰는데 하필 비가 오기 시작했다.

'어차피 아직 기간이 있는데 내일 갈까? 아니야. 내친김에 가야지.'

이불을 싼 보자기는 비에 젖고 어깨와 양손에 들고 있는 짐 때문에 우산을 쓸 수도 없었는데 집을 나서는 나를 본 외할머니는 기가 차서 한숨과 큰소리를 반복하시며 엄마 올 때까지 기다리라 하셨다. 또 어머니께 전화하셔서 일장연설을 하신 모양이다. 어머니가 오시면 우실 게 뻔하고 두 분이 말릴 거 같아 도로 쪽으로 한숨에 달려가 지나가는 택시를 세워 얼른 탔다. 택시를 타서 보니 좁은 2층 계단에서 급히 뛰어 내려오느라 짐들이 엉망으로 되어있었고 시커멓게 변한 보자기와 가방이 더 초라하게 느껴졌다.

'아오, 내가 왜 이랬지? 고집부리지 말고 모르는 척 있었으면 맑은 날 움직이고 이 난리를 안쳐도 되는 건데. 이게 뭐야. 거지도 아니고 쥐새끼도 아니고. 아니지, 맑은 날에도 집에서 탈출하려면 한바탕 소동을 벌여야 하니 내친김에 잘했어.'

부산 가는 버스 안에서 온갖 생각들로 머리가 복잡하고 너무 많이 울어서 머리가 터질 지경이었다. 하염없이 흐르던 눈물은 주체할 수가 없이 흐르고 이윽고 꺼이꺼이 소리까지 내며 울기 시작했다. 버스 안에 있는 사람들이 다 쳐다봤을 텐데 창피한 줄도 모르고 계속 울었다.

소리를 지르시고 울기도 하시며 떠나는 나를 말리시던 외할머니께 죄송한 마음도 들고, 집에 와서 황당해하실 어머니께도 미안했다. 나를 잡으러 2층에서 내려오시다 무릎이나 허리를 다치신 건 아니겠지? 매일매일 잔소리하고 혼내기만 했던 외할머니가 벌써 보고싶고, 낯선 곳에 도착할 때가 되자 살짝 두렵기도 했다. 그렇게 한바탕 소동을 벌이며 기대 반, 두려움 반으로 나의 직장생활은 시작되었다. 더불어 나의 첫 사업 도전은 이렇게 무산되었다.

외할머니가 안 된다고 하신 일을 했다가는 온 가족이 힘들어진다. 그래서 어머니와 막내 삼촌, 나는 웬만하면 외할머니의 말씀을 들

여자, 지금 당장 사업하라!

는다. 사업 시도가 미수에 그친 일이 꼭 할머니 탓만은 아니다. 외할머니를 설득하고 이길 만한 소신도 없었고, 어린 나이라 그랬는지 사업에 대한 막연한 동경과 엉성한 지식, 마음가짐 탓이었으리라. 이런 경험들이 바탕이 되어 다음 사업을 시도할 때는 준비를 철저히 해서 타인에 의해 의지가 꺾이는 실수는 하지 않으리라 결심했다.

창업을 앞둔 사람들이 이 책을 본다면, 나처럼 포기하지 말고 도전해보라고 부탁하고 싶다. 가게 임대료가 비싸다면 나의 경제 상황에 맞는 곳으로 가서 창업하면 된다. 경기가 어려워 오랫동안 비어있는 빈 점포는 조금 저렴하며 숍 인 숍(shop in shop)을 원하는 점포들도 있으니 발품을 팔다 보면 인연을 만난다. 여자가 창업해서 좋은 이미지를 가진 사례를 찾아서 외할머니를 잘 설득했어야 했는데 그런 생각들을 못 할 만큼 나에 대한 확신과 사회 경험이 부족했다.

05

잘해 주지도 못했는데

"야, 일어나라고. 도대체 몇 번을 깨워야 일어나는데? 오늘도 지각하겠다!"

아무리 일어나라고 해도 안 일어난다. 아침마다 이런 전쟁을 몇 년째 치르는지. 딸에 이어 아들까지 정말 미치겠다. 집집마다 등교하는 시간에 들리는 말일 텐데 유독 내 주변은 아이들이 일찍 일어나서 준비하고, 심지어 전날 준비물 체크를 다 해서 엄마가 할 일이 없단다. 어찌 그럴 수가 있는지 나는 도저히 이해가 안 된다. 우리 집에서는 그런 풍경을 본 적이 없으니 말이다.

"아니, 일하는 엄마가 있는 집은 애들이 스스로 알아서 하는 거 아냐? 각자 준비해서 다 같이 집을 나서야 출근길에 애를 학교 앞에 내려주고 가지."

여자, 지금 당장 사업하라!

'설마, 저건 다 거짓말이겠지'

나는 애써 지인의 말을 거부해본다. 그러다 화가 폭발한 그 날 아침 이렇게 내뱉고야 말았다.

"내 주변 애들은 다 알아서 일어나고 밥도 여유 있게 먹고 학교 간다더라."

"내 주변엔 아무도 그런 친구가 없는데 엄마 주변은 어째서 그래요?"

또 시작이다. 괜히 말 꺼내서 본전도 못 찾고 기분 나쁜 상태로 아침을 시작한다.

딸은 고집이 센 편이라 가족 중 누구도 딸을 이기거나 설득을 해본 경우가 거의 없다. 동생과 다투어서 집 밖으로 쫓아낸 적이 있는데

"잘못했어요. 용서해주세요. 추워요. 들어가게 해 주세요"

라며 계속 사정을 하는 아들과 달리 딸의 목소리는 하나도 들리지 않았다. 추운 날씨에 저녁 시간이고 내복 차림으로 내쫓아서 걱정이 되어 들어오라고 했다. 그 말과 동시에 아들은 후다닥 들어왔지만 딸은 꿈쩍 않는다. 들어오라고 다시 얘기했더니

"나가라고 했잖아요."

기가 차서. 그 추위에 8살이 덜덜 떨며 버티고 있는 거다.

딸이 고등학교에 다닐 때다. 성적이 떨어져서 학원을 가라고 하였

더니 가기 싫다며 고집을 부렸다. 상담을 갔던 학원에서 전화가 와서 한 달만 보내면 계속 다닐 수 있게 하겠다고 하였다. 그래서 설득을 하였더니 "그럼 한 달만 다닐게요."라며 마지못해 학원을 가게 되었다. 그로부터 정확하게 한 달이 되는 날, "이제 됐죠? 오늘까지 다니면 딱 한 달이니 이제 내일부터는 안 갈게요."

어이구, 평소에도 엄마의 속을 있는 대로 긁으며 또박또박 자기주장을 펼쳐 말로는 이길 수가 없더니. 우스운 얘기지만, 사실 딸의 얘기를 들어보면 다 맞는 말 같기도 하다.

딸의 고3 담임선생님 말씀으로는 대부분 여학생은 간호사나 의료 종사자가 되기 위해 이과를 선택한다고 한다. 딸은 이과지만 돈을 아무리 많이 번다고 하더라도 의료와 관련된 직업에는 관심이 없단다. 요즘같이 취업이 힘든 시기에 전문분야로 진출할 수 있는 학과를 추천하는 진학담당 선생님의 말씀도 딸에겐 아무 의미가 없다. 평소 손재주가 있고 요리에 대한 관심이 많아 식품영양학과를 권했으나 그 또한 관련 직종이 마음에 들지 않는다며 식품생명학과를 간다고 고집했다. 그 분야에 있어서 문외한인 엄마로서는 두 학과가 뭐가 크게 다른 건지 잘 모르겠지만 원하는 학과가 뚜렷하니 누구의 말도 들을 생각이 없어 보였다. 본인이 원하는 학과로 진학하여 졸업 후 그에 맞는 직장에 스스로 취업을 했으니 이런 취업대란에 다

행이고 그저 고마운 일이다.

어느 날 여고 동창과 만나서 딸의 고집스러운 행동을 말했더니 박장대소를 한다.

"왜? 뭐가 그렇게 우스운 건데?"

"야, 옛날 네 모습이잖아. 네가 딱 그랬잖아. 생각 안 나? 지각생에 엄청 고집스럽고 네 기준에 이해가 안 되면 선생님들 말씀도 안 듣고, 외할머니한테 또박또박 말대꾸하는 너 말이야. 우와! 역시 유전자는 못 속이는구나. 진짜 신기하다. 안 그래?"

라며 재밌어했다. 그런 적이 언제였냐고 기억나지 않는다 했지만,

돌아오는 차 안에서 생각해 보니 친구 말이 맞는 것 같다. 예나 지금이나 이해 안 되는 일은 하지 못하고, 하고 싶은 일은 꼭 하고야 마는 억지스러운 면 때문에 나와 주변 사람들이 힘든 경우가 많았다. 그런 점을 딸이 그대로 닮은 거다. 나를 키우면서 외할머니가 얼마나 힘이 드셨을까. 나 때문에 속상하실 때 자주 하시는 말씀이 기억났다.

"시집가서 딱 너 같은 딸 낳아 키워봐라. 그러면 내가 얼마나 힘든지 그때는 네가 알 거다."

정말 무서운 말이었다. 나는 딸에게 절대로 그런 예언을 하지 않을 것이다.

아들은 누나와 성향이 다르다. 잔정이 많고 잘 웃는다. 여행을 가면 전화를 걸어 자주 보고하고 가족 생일도 잘 챙긴다. 매몰차지 못해 거절하지 못하는 단점은 있지만, 누구와도 큰 문제 없이 잘 지낸다. 그래서 그런지 친구들이 많고 여기저기 불려 다니느라 늘 바쁘다. 만들고 실험하고 관찰하는 것을 좋아하는 딸과 달리 아들은 설명서 읽고 만드는 일은 아예 도전도 하지 않는다. 딸은 거실의 텔레비전 받침대도 뚝딱뚝딱 만들고 자기 방의 대부분이 DIY 가구들인데, 아들은 그런 것에 전혀 관심이 없다.

여행을 가서도 둘은 차이가 난다. 대만을 갔을 때다. 밥 먹은 식당

여자, 지금 당장 사업하라!

과 거리가 좀 떨어진 카페를 가려고, 버스정류장으로 향하는 딸에게
아들이 짜증을 내며 말했다.

"힘들고 귀찮게 버스는 왜 타? 세 명이 택시를 타면 버스비와 큰 차이
도 안날 걸? 시간 절약할 생각은 안 해?"

둘의 다른 성향 탓에 또 다툼이 시작됐다. 안 그래도 더운데 둘 사
이에 치여 죽을 지경이다.

잠시 후 딸이 검색한 유명한 팥빙수 가게를 가게 되었다.

"누나, 더운데 팥빙수를 왜 밖에서 먹어?"

"안에서 먹으면 1인 1 빙수를 시켜야 해. 여기 비싼 집이니까 그냥 밖
에서 먹자. 두 개만 시켜도 우리 세 명이 나눠 먹을 수 있으니 그렇게 먹고
잠깐 더위만 식혀서 가면 될 것 같아서."

"누나! 나는 에어컨 빵빵한 실내에서 빙수 먹으러 온 거라고. 진짜 짜
증나 미치겠네. 괜히 같이 왔어. 다시는 누나랑 여행 안 올 거다."

시어머니, 친정어머니가 옆에 안 계신 타지에서 가게를 하느라 아
들은 남의 집에서 유아기를 보냈다. 대소변도 그 집에서 가렸다. 태
어날 때 작게 태어나기도 했지만, 자라면서 잔병치레가 많았던 이유
가 유아 시절 엄마의 손길이 부족해서 그런 게 아닐까 자책해 본다.
더 마음이 아픈 건 어릴 때부터 혼자 참으면서 힘든 일들을 많이 겪
었다는 거다. 취학 전 의사의 오진으로 충수염을 모른 채 이틀을 참

다가 결국 맹장이 터지는 어처구니없는 일도 있었다. 물론 이제는 신체 건강한 청년으로 잘 성장해있다. 아들은 지금 휴학을 하고 돈을 벌어 오겠다며 외국을 나갔다. 나가서 얼마 되지 않아 전화가 왔다. 힘들어서 바로 오고 싶은 모양이다. 그렇지만 "쪽팔려서 바로 못 가니 좀 더 버텨볼게요."라고 말한다.

해병대를 가서도 꿋꿋이 잘 지냈던 아이가 낯선 외국 생활은 좀 힘이든가 보다. 잠시 일을 못 구해 돈이 궁한 나머지 나에게 지원을 요청한 적이 있었지만 나는 거절을 했고, 그게 무척 서운했는지 며칠 동안 연락 한 통 없더니 얼마 후 전화가 와서 잘 해결했다고 한다. 집주인에게 얘기를 잘해서 방세를 며칠 연기했고, 새로 구한 일자리에서 주급을 받기 전에는 밥을 굶었다 한다. 혼자 스스로 해결하면서 느끼는 것도 많았다고 했다.

"엄마, 여기서 힘든 건 군대와 비슷한 것 같아요. 그런데 군대는 시키는 일만 하면 되는데 여기는 스스로 일을 찾아서 해야 하니 조금 더 힘든 거 같고, 제가 그동안 너무 안일하게 살았다는 생각이 들어요." 출국한 지 얼마 되지 않았는데 제법 잘하고 있는 것 같아 안심이다. 부모랍시고 잘해 주지도 못했는데 바르게, 당당하게 잘 자라준 내 보물들이 너무 대견하고 고맙다. 언제 어디서든 하고자 하는 일을 잘 해내고 자기 앞가림 잘하는 멋진 나의 보물들. 사랑해.

06

남의 눈에 꽃이 되고 잎이 되게 해 주세요

태어나면서부터 외할머니 손에서 자랐다. 아버지가 안 계시니 어머니는 생계를 위해 일을 하셔야 했고 빚을 갚느라 늘 바쁘셨다. 보증을 서줬는데 채무자가 달아나 빚을 고스란히 안게 된 것이다. 가뜩이나 넉넉하지 않은 집에 보증을 두 번이나 서서 더 어려워졌다. 월세가 밀려 집주인이 수시로 올라와 호통쳤고 더 싼 집으로 이사 다니느라 주민등록초본이 책 두께가 될 지경이다. 중, 고등학교 시절 등록금 납부 시기에는 학교 가기가 싫었다. 조용히 불러서 말씀하셔도 될 것을 회비 미납자를 호명하는 선생님이 미웠다. 같은 반 친구가 사는 옆집으로 외할머니께서 돈을 빌리러 갈 때면 쥐구멍에라도 숨고 싶었다.

깔끔한 성미의 외할머니는 외숙모가 다녀간 후 씻어놓은 그릇을 못마땅해하시며 다시 꺼내 설거지를 하실 정도다. 방바닥에 먼지나 머리카락 떨어진 것도 질색하시고, 외출 후 벗어놓은 옷은 바로바로 세탁하셨다. 청결에 대해 지나치다 보니 신경증에 걸릴 정도였다. 그 탓에 나는 손을 수시로 씻어야 했다. 지금도 손 씻는 습관은 유별난 편이다. 학교 체육 시간을 마치고 모두 목이 말라 쩔쩔매는데 손부터 씻어야 하는 나는 강박감이 심했다. 가끔 외할머니 목소리가 들리고 환청이 들릴 정도였다. 조금이라도 잘못하면 아버지 없이 자란 티를 낸다며 아주 엄하게 야단치셨다. '아비 없는 자식' 소리 듣지 않도록 잘 자라야 한다며 엄격하게 키우셨다. 매까지 드신 날에는 안쓰러웠는지 과자를 사 오셔서 좋게 타이르기도 하셨다. 아버지와 어머니의 역할을 하신 외할머니와 나는 애증의 관계로 서로 얽혀 살았다.

과하면 부족한 것보다 못하다고 한다. 외할머니는 여느 할머니들보다 많이 알고 생각이 많으셨다. 글자를 읽으셨기 때문에 신문을 읽고 세상일에 관심이 많고 걱정도 많으셨다. 텔레비전에 나오는 '수사반장'을 보시고 온갖 범죄들을 상상하며 내가 학교에서 집으로 돌아올 때까지 마음 편하게 계시지를 못했다. 지금처럼 휴대전화가 있었다면 나의 모든 일상은 영상통화로 외할머니께 보고되었을

여자, 지금 당장 사업하라!

거다. 텔레비전에서 나오는 모든 범죄 이야기는 집에서 얼굴을 마주칠 때마다 귀가 따갑게 들었다. 카페에서 차를 마시다 화장실을 다녀오게 되면 그 음료수에 누군가가 약을 탈 수 있으니 자리를 뜨게 되면 반드시 음료수를 다 마시고 가야 한다는 얘기는 대표적인 이야기다. 그때 이후 나는 온갖 음료수를 한숨에 다 마시는 습관을 지니게 됐다. 사실 지금도 범죄 영화나 드라마를 보면 현실에서 상상이 되고 너무 무섭다. 그런 사실에 친구들은

"눈 큰 네가 더 무섭다. 그리고 너를 데리고 가봤자 많이 먹고 목소리 커서 제발 다시 돌아가라고 사정할걸?"

이렇게 우스갯소리를 주고받지만 한적하고 어두운 곳을 병적으로 싫어한다. 너무 오랜 시간 무서운 얘기를 들어서 안테나가 부정적인 주파수에 맞춰져 있나 보다.

고등학교 3학년 무렵, 학교에 제출하는 서류를 보다가 드라마보다 더 드라마 같은 출생의 비밀을 알게 되었다. 아버지가 돌아가신 줄 알았는데 살아 계셨고 어머니도 다른 이름으로 서류에 쓰여 있었다. 게다가 형제자매도 있다. 다섯 명 중 내 이름이 가운데 있었다. 결혼을 약속한 사람이 유부남이었다는 사실을 어머니는 임신 중에 알게 되었고, 나를 사생아로 만들 수 없어 그 집 호적에 올리고 외할머니가 키우신 것이다. 매번 어머니가 피하는 전화가 누군지, 왜 한

곳에 못 있고 여기저기 옮기면서 일을 했는지, 외할머니가 화나시면 내가 태어나지 말았어야 했다며 퍼부은 악담들이 왜 그리 독했는지 이제는 알 것 같았다. 어머니는 계속 연락 오는 아버지를 피하셨고, 외할머니는 가끔 술을 드시고 동네가 떠나가라 소리 지르시며 내 책을 집 밖으로 던지셨다. 공부하지 말라고. 어쭙잖게 공부해서 대학 가면 당신 딸 고생시킨다고.

우리 가족을 이렇게 만든 아버지란 사람을 수소문 끝에 만났다. 만나면 실컷 욕해주리라 생각했는데 아무 말도 나오지 않았다. 그 사람은 미안하다며 거금의 돈을 주고 수시로 연락하라고 했다. 그렇지만 돈도 돌려주고 다시는 연락하지 않았다. 아버지란 사람을 만난 사실을 알고 외할머니는 서운해하시며 온종일 술을 드셨다. 다시는 안 만나기로 했다는 얘기를 듣고서야 겨우 주무셨다. 어려운 환경이지만 알량한 자존심에 공부도 학교생활도 나름대로 열심히 했는데 그때부터 공부도 하기 싫고 엇길로 나가고 싶었다. 그래서 그런지 대입시험은 선생님들과 친구들이 놀랄 정도로 점수가 형편없었다.

막장드라마에 나오는 비운의 주인공은 반전이 있던데 나에게는 특별한 반전이 일어나지 않았다. 외할머니는 내가 잘못될까 봐 항상 훈계하시고 안전을 지나치게 염려하셔서 집과 학교를 벗어나면 검

여자, 지금 당장 사업하라!

열이 심했다. 롤러스케이트를 타면 다칠 수도 있고 나쁜 애들이 많이 가는 곳이니 가지 마라, 자전거를 타면 사고 날 수 있으니 타면 안 된다 등. 운전면허증도 외할머니 몰래 겨우 땄다. 할머니의 지나친 간섭에 저항하며 심통을 부리고 말대꾸도 많이 했지만, 결론은 둘 다 패자로 남아 서로가 힘들 뿐이었다. 이런 집에서 벗어나고 싶었지만 외할머니의 사랑과 어머니의 고생을 알기에 반항과 순종을 거듭할 수밖에 없었다. 가난했지만 귀한 공주처럼 키워 주셨고 누구보다 나를 끔찍이 사랑하신 걸 뒤늦게 알았다. 외할머니는 당신 딸의 기막힌 사연에 얼마나 가슴이 답답했을까?

외할머니는 밤마다 물을 떠놓고 작은 소리로 기도를 하셨다. 아마도 당신 딸과 아들, 나를 위한 기도였으리라. 긴 내용이었고 잘 들리지 않았지만, 이 내용만큼은 확실히 알아들을 수 있었다.

"우리 손녀, 남의 눈에 꽃이 되고 잎이 되게 해 주세요."

그땐 '기도 내용이 왜 저렇지?'라고만 생각했는데, 지나고 보니 내 주변에 사람이 많고 인덕이 있는 게 모두 외할머니 덕이었다.

어머니는 참 긍정적인 분이시다. 빚보증으로 오랜 시간 그렇게 고생을 했으면서도 항상 이렇게 말씀하신다.

"사기치고 도망간 사람은 발 뻗고 못 자겠지만 우리는 편히 발 뻗고 자잖아. 남에게 나쁜 짓 하면 본인이 안 좋거나 후대에라도 안 좋아. 그러니 항상 바르게 살아라." 예전에는 이 말에 화가 났다. 나쁜 사람은 잘 먹고 잘 사는데 손해 본 사람만 힘들게 사는 거라고. 바보같이 자신을 합리화하느라 그런 말을 하는 줄 알았다. 젊은 시절 몸과 마음고생을 하며 힘든 삶을 사셨지만, 어머니를 보면 항상 잔잔한 호수같이 평온하시다. 살다 보니 어머니 말씀이 조금은 이해가 되지만 아직 나는 출렁이는 파도 위에 있는 느낌이다.

친정어머니는 장사하느라 딸을 제대로 키우지 못했다는 미안한 마음에 지금도 나에게 지극정성이시다. 일주일에 한두 번은 꼬박꼬박 우리 집에 오셔서 집 정리도 하시고 반찬도 해 주신다. 이제는 그렇게 하지 마시라 해도 고집스럽게 음식을 해오시고 집 여기저기를 청소하신다. 이것이 건강하고 행복하게 사는 비결이라 하시며 사랑을 주신다.

살면서 힘든 일도 많았지만 잘 극복했고 지금은 참 행복하다. 이런 행복을 외할머니와 함께 누렸으면 좋겠는데 할머니를 더는 뵐 수 없다. 국화꽃을 많이 좋아하셨던 우리 외할머니가 그립다.

"할머니, 엄마 잘 모실게요. 비행기도 자주 태워주고. 막내 외삼촌도 잘 있으니까 걱정하지 마세요."

02

멈추지 않는 도전

02

2장에서는 무모할 정도로 '덤벼들었던 도전'에 대한 이야기다. 사업을 시작하려는 사람 혹은 뜻이 있는 독자들이 간접적인 시행착오를 겪기 바라는 마음이다.

01

드디어 사업 시작

1994년, 드디어 사업을 시작했다. 어릴 때부터의 꿈이었던 사업을 드디어 하게 된 것이다. 혼자가 아니라 남편과 함께 시작하고 시부모님 건물에서 하는 사업이었기에, 처음이지만 크게 걱정되지 않았다. 가게 임대료 지출이 없어 금전적으로 많은 부담이 없었지만 어떤 사업을 해야 할지 사업 아이템을 정하는 게 제일 힘들었다. 사업구상을 했다던 남편은 특별히 할 사업 아이템이 없다고 하며 막막해했다. 엄밀히 말하면 그 장소에선 어떤 사업도 할 수가 없다며 거의 포기상태였다.

남편과 나는 처음 하는 사업인데다 상권이 썩 좋지 않은 위치에서 어떤 아이템으로 해야 할지 전혀 감을 잡을 수가 없었다. 사업을 하겠다는 사람들은 누구라도 그렇겠지만, 보란 듯이 성공할 확실한 아이템을 찾고 싶다. 그렇지만 결혼해서 직장생활을 하며 바쁘게 살았던 나는 어디서 정보를 얻어야 하며 누구에게 도움을 구해야 하는 건지 도무지 알 길이 없었다. 그때만 해도 서울과 지방의 문화 차이는 제법 컸으며, 매스컴을 통해서도 창업에 관한 정보들이 풍부하지 않았다.

그즈음 대도시에서는 편의점이 서서히 생겨나기 시작할 때였으며 지방에도 가맹점이 하나둘 생기는 분위기였다. 가맹점을 맺어 편의점을 운영하기에는 자본이 부족하여 자체 브랜드 편의점을 시작하기로 했다. 편의점은 이제 막 시작되는 사업이고, 기존 슈퍼마켓과 다른 형태의 슈퍼마켓이라 지방의 동네 상권에서는 보기 드문 업종이었다. 편의점 상호를 FREE TIME ○○점이라고 지었다. 외국에서 도입된 브랜드 느낌을 주기 위해 영어를 쓰고, 프랜차이즈처럼 지역명을 표기하여 고객들에게 신뢰감을 주었다.

지방에서 그것도 번화한 곳이 아닌 주택가에서 24시간 운영되는 편의점이 잘될까? 하고 걱정을 많이 하였으나 시장조사를 해본 결과, 근처에 슈퍼마켓이 많이 부족했고 그나마 있는 가게도 일찍 문을 닫아서 밤늦게 퇴근하거나 갑자기 필요한 물건이 있는 고객들은 멀리 시내로 나가거나 물건구매를 포기하는 상황이었기에 한번 시작해볼 만한 도전이었다.

그렇지만 처음 사업을 하는 터라 사업자등록증 발급부터 간판, 가게 인테리어, 포스기 설치, 물품 발주 등의 다양한 문제들을 어떻게 해결해야 할지 눈앞이 캄캄했다. 주변에 사업을 하는 사람이 드물어 자문할 곳이 없어 더욱 막막했다. 요즘은 신규 사업자라 하더라도 책이나 인터넷 검색으로 많은 정보를 얻을 수 있으며, 공공기관에서 다양한 교육도 이루어지고 있어 본인이 발품을 판다면 창업에 관련한 다양한 문제들을 해결할 수 있다. 돌이켜 생각해 보면, 우리 부부는 창업에 대해 무지해 시간 낭비를 많이 한 편이었다. 그렇지만 새로 사업을 시작하려는 사업자는 사전에 많은 준비를 해서 시간과 돈을 절약하도록 노력하길 바란다. 가게 임대계약을 한 후부터는 임대료가 발생하므로 철저한 준비를 하고 공사를 시작해야 한다. 철거 및 공사 기간의 임대료 부분, 공사 기간의 단축 등 임대인, 인테리어 업자와의 사전조율도 계속해야 한다.

프랜차이즈 가맹이 아니고 독립된 사업체다 보니 편의점 인테리어는 기존에 있는 대도시의 편의점들을 많이 살펴보고 벤치마킹했다. 기본적인 인테리어를 끝낸 후 상품들을 진열하는 선반들을 직접 골라서 설치했다. 얼마나 무모하고 무지했는지 상품들을 납품받는 업체도 몰라서 대형할인점에서 구매한 상품 몇 가지만 구색을 갖춰 났다. 이후 편의점이 생긴 것을 알고 납품업체가 찾아왔고, 수소문 끝에 슈퍼마켓을 하는 친구가 있다는 것을 알고 도움을 청했다. 이렇게 직간접적으로 알게 된 업체들로부터 상품을 납품받고, 주변의 큰 마트에서 저렴하게 산 다양한 상품들을 진열하였다. 이는 편의점을 처음 방문하는 다양한 수요층을 위해 많은 종류의 상품들을 종류대로 갖춰두기 위한 것이었다. 점점 주 고객층이 파악되어 그들을 위한 상품의 비중을 늘리고, 히트상품은 대량구매를 통해 가격 단가를 낮춰서 더 높은 판매 이익을 취할 수 있었다. 도매업자들과 거래를 하면서 판매 수익이 더 많이 나는 상품들도 알게 되고, 직접 발품을 팔아서 더 싼 값으로 상품을 가져오는 방법도 알게 되었다.

지금은 편의점에서 라면은 기본이며 각종 도시락, 즉석식품, 커피, 과일 등 다양한 음식을 먹을 수 있지만, 그 당시에는 편의점에서 판매하는 먹거리가 많지 않았다. 더군다나 지방의 변두리 지역 편의점에서 라면, 김밥, 햄버거를 24시간 먹을 수 있으니 주변 사람들이 많이 신기해했다. 특히 근처 학교 학생들에게 소문이 나서 학생들의 아지트로도 유명해졌다. 학교 앞 분식집과는 다른 분위기에서 라면과 김밥을 먹는 그들만의 문화를 누리는 듯했다. 학생들이 언제든 편하게 이용하고 학업에 대한 스트레스도 풀 수 있는 공간이 되었다. 학교를 오가며 간단한 먹거리를 먹고 친구들과 웃고 얘기 나눌 수 있는 공간이 생긴 거 같아 좋다며 고마워하던 학생들 덕에 일하

여자, 지금 당장 사업하라!

는 보람도 있었다. 번화한 시내가 아니고 동네에 있는 편의점이기 때문에 그곳 상황에 맞는 물품들을 파악해서 준비하고 단골들이 이용하는데 편리하도록 도와주었다. 늦게 귀가하는 직장인들을 위해 우편물도 대신 맡아주고, 어르신들의 말벗도 되어드려서 다양한 단골층이 만들어졌다.

소위 말하는 그 동네 핫플레이스로 자리 잡으며 첫 사업은 나름 성공적이었다. 처음 시작한 사업이었기에 하나부터 열까지 시행착오가 많았지만, 임대료 부담이 없었던 장점과 동네 슈퍼마켓과 차별화된 편리한 곳이라는 인식을 줘서 성업을 이뤘던 것 같다.

02

음식 사업이 남는 사업

　　24시간 편의점은 돈 모으는 재미가 쏠쏠했지만 너무 고된 일이었다. 편의점이 자리를 잡자 남편은 안일한 생각에 매장에 있는 시간보다 친구들을 만나러 나가는 시간이 많아졌다. 자수성가하신 시아버님은 아르바이트생을 두고 밖을 도는 남편의 행동을 못마땅하게 여기셨다. 이를 만회하기 위해 나는 생후 6개월이 지난 첫째 아이를 업고 가게를 보게 되었다. 밤 11시부터 아침 6시까지 아르바이트생이 없는 시간대는 내 차지가 되기 시작했고, 편의점을 하면서 시부모님댁에서 살았기에 세 끼니 식사 준비까지 하느라 잠을 거의 잘 수 없었다. 중간중간 아이와 쪽잠을 자려고 하면 아이가 깨서 아이를 보느라 비몽사몽으로 있을 때가 많았다. 이를 지켜본 시아버님은 남편을 나무랐지만, 몇 번 밤을 새우는 시늉을 하다 다시 편안한 양반 모드로 돌아갔다.

결국, 남편은 시아주버니들의 꾸지람까지 듣게 되면서 큰 싸움이 일어났다. 사과하지 않는 남편의 태도를 보고 화가 난 시부모님은 편의점 철문을 닫아버리고 전기도 끊어버렸다. 남편이 계속 고집을 부리는 바람에 매장에 있던 음식은 다 상하고 결국, 우리는 시댁에서 쫓겨나게 되었다. 철없는 남편 때문에 잘 되던 편의점도 졸지에 문을 닫고 이웃에는 시집살이를 못 견뎌 이사 가는 꼴이 되었다. 당장 집도 얻어야 하고 다른 일도 알아봐야 하는 상황에서 남편은 고향을 벗어나 대구를 가고 싶다고 했다. 여기 있으면 시집 식구들과 불편하다고 했다. 형제자매 없이 자란 나로서는 이해할 수가 없었다.

형제간의 엄청난 싸움을 목격한 것도 있고 여기보다 큰 도시에 가서 사업을 하는 것도 나쁘지 않을 거 같아 대구로 가는 것에 찬성했다. 편의점을 하면서 모은 돈을 다 끌어모아도 집을 구하고 사업을 하기에는 역부족이었다. 마침 남편의 후배가 대구에 살고 있어서 싼 집을 구하는 데 도움을 받을 수 있었지만, 구한 집은 시집오기 전의 집과 별반 다를 바 없는 초라한 집이었다. 마법이 풀린 신데렐라처럼 예전과 똑같은 상황으로 돌아가다니. 그래도 아직 젊고 아이가 한 명이니 집은 그런대로 만족한다고 해도 앞으로 뭘 해야 할지 몰라 앞길이 막막했다. 한 번 해본 편의점도 생각했지만, 대구는 유명

편의점이 몇 군데 있어서 진입이 쉽지 않을 거 같았다.

음식 장사는 안 망한다는 설이 있으니 이번에는 먹거리 사업을 궁리해봤다. 우리 집 근처는 낙후된 지역이라 상가 임대료가 저렴하다는 장점이 있으니 집 근처에 가게를 구하고, 아파트 밀집 지역으로 배달하는 사업을 하는 게 어떨까 생각했다. 어차피 자본이 부족하니 테이블을 두지 않고 배달 위주로 작게 매장을 얻기로 했다. 여러 배달음식을 분석하고 배달 가능한 거리를 따져보았다. 어느 정도 여유가 있어야 배달을 시킬 거란 생각에 조금 떨어져도 인근의 부유한 아파트 단지를 대상으로 잡고 거기에 맞는 음식을 생각해봤다. 그 당시에는 피자가 고급 음식으로 인식되어 있었고 우리가 공략할 아파트 단지라면 충분히 배달을 많이 시킬 거라 판단했다.

피자에 대해 전혀 아는 것이 없으니 이번에는 프랜차이즈를 하기로 했다. 유명한 브랜드 두 곳은 직영으로 운영되고 있어서 가맹할 수 없었다. 브랜드 인지도는 좀 떨어지지만, 프랜차이즈 사업을 하는 곳이 그 당시 두세 군데 정도 있었다. 그중 한 곳과 계약을 하고 피자 만드는 방법부터 운영에 대한 전반적인 교육을 받았다. 지금 생각해 보면 피자 만드는 법 외에는 특별한 교육이 없었지만, 사업에 대해 제대로 된 교육을 받은 적이 없으니 마냥 신기하고 좋기만 했다.

여자, 지금 당장 사업하라!

세상에 쉬운 일은 없다더니 피자가게도 밤새워 일하는 편의점 못지않았다. 새벽에 일어나 청과시장을 가서 경매를 통해 재료를 대량 구매하고 당일 사용할 채소를 모두 손질해 놓아야 했다. 칼질이 서툴렀던 나는 일정한 크기로 썰어야 하는 재료들을 준비하다가 오전 시간을 다 보내기 일쑤였다. 재료를 다듬은 후 피자 상자를 접어둔다. 처음 몇 개를 접을 때는 재미있었는데 양이 많아지니 손을 베는 일도 많아졌고 손도 거칠어졌다. 영화 '기생충'에서 주인공 가족들이 피자 상자를 접는 장면이 나오던데 빨리, 많이 하려다 불량이 여러 개 나오는 것을 보고 예전 생각이 나서 피식 웃음이 났다. 오전 시간에 재료 손질이 늦어지면 상자 접을 시간도 없이 점심 배달준비를 해야 해서 영업을 마친 한밤중에 피자 상자를 접는 일도 많았다. 본사에서 오는 피자 반죽에 최상의 맛을 내기 위해 저온 숙성과 발효 시간을 지키는 일도 은근 힘들었다. 영업용 오븐 기계는 화력이 엄청난데 예열을 하다 점화가 되지 않아 살피다 갑자기 불이 붙는 바람에 앞머리가 탄 적도 있었다.

요식업은 거의 그렇지만 우리 가게도 밥 먹는 시간이나 주말, 남들 쉬는 명절에 쉴 수가 없었다. 주말이나 특별한 날에는 더 바빠서 명절 연휴와 연말연시를 제대로 보낸 적이 없었다. 점점 배달이 늘고 장사가 잘되자 배달 인원이 모자랐다. 이런 상황이 안타까워 집

앞에 주차되어있던 승용차에 차 키를 꽂았다. 운전면허증만 있을 뿐 운전을 제대로 할 줄 몰랐던 내가 그냥 핸들을 잡았다. 차가 움직이기 시작하자 후회가 되었지만 앞으로 갈 수밖에 없었다. 후진하다가는 주차된 차들을 다 박을 게 뻔했다. 핸들을 있는 힘껏 잡고 앞만 보고 기어가다시피 움직였다. 다행히 가게까지의 도로는 차량운행이 거의 없는 곳이었고 거리도 아주 가까웠다. 손수레 속도가 더 빨랐을 정도로 천천히 움직였지만 체감속도는 고속도로를 질주하는 느낌이었고, 가게까지 지척이었지만 서울에서 부산까지 달리는 기분이었다. 가게 앞을 도착해 겨우 주차를 하고 내릴 때, 차 문을 닫을 수 없을 만큼 어깨와 팔이 뭉쳐있었다. 첫 도로주행을 마치고 하루에도 몇 번씩 한적한 도로에서 운전 연습을 하다가 보니 승용차로 좁은 길도 배달하러 다닐 수 있게 되었다.

'난 운전 천재가? 그래, 후진하기보다 앞을 똑바로 보고 전진하다 보면 길이 보여. 연습을 반복하면 안 되는 게 없네.' 등 의기충천하여 혼잣말을 지껄였다. 운전 하나에도 이런 다양한 의미를 담고 배울 게 많다니.

할 줄 아는 게 많아질수록 일도 늘어난다더니 운전을 잘하게 되자 내가 배달하러 다니는 빈도가 높아졌다. 심지어 아이를 태우고 배달을 나가는 일도 많아졌다. 차에 딸아이를 놔두고 잠시 배달을 다녀온 사이 아이는 무서워서 울다가 눈물, 콧물이 범벅되어 있었다. 아이를 안고 배달도 했었는데, 엘리베이터 앞에서 잠시 기다리라고 하고 벨을 누르는 순간 쪼르르 달려와 피자 상자를 내미는 내 옆에 껌딱지처럼 붙어 서 있는 아이를 보고 마음이 아팠다. 차 안에 있으면 무서울까 봐 안고 데려오면서 맨발로 데려온 거다. 게다가 피자가 기울어져 형태가 흐트러질까 봐 제대로 안아주지도 못하고 옆에 끼고 왔으니 아이가 얼마나 불안했을까. 어린이집 하원 버스에서 내리자마자 영업을 마치는 한밤중까지 딸아이는 가게에서 놀다 지쳐 잠들곤 했다. 급기야 가게 안에서 놀던 아이가 피자 소스 캔 뚜껑에 베어 병원에 가는 사태가 생겼다. 그날 무서워 우는 아이를 안고 얼마나 울었던지. 팔과 손등에 주삿바늘을 못 꽂아서 목에 주삿바늘을 꽂았다. 왜 그렇게 했는지 의료진이 설명은 했겠지만, 제정신이 아니어서 제대로 듣지를 못했다. 두세 바늘이니 마취 주사 없이 꿰매자고 했다. 어린 것이 얼마나 아팠을지. 그날 결심했다. 이제 피자가게는 내가 안 나가도 문제없으니 아이만 보기로. 아이를 제대로 키우지도 못하면서 돈만 벌어서 뭘 하겠다는 건지 회의감이 들었다.

피자가게의 끔찍한 추억이 있음에도, 상처 부위가 낫고 건강하게 잘 자란 딸과 나는 피자를 좋아한다. 작은 아이가 초등학교에 다닐 때까지만 해도 생일 파티나 학원 간식으로 피자가 최고 인기였다. 학원에 피자를 간식으로 보내주는 날에는 아이의 입이 귀에 걸려서 왔다. 그렇게 유명한 피자가게도 먹거리가 많아져서 그런지 요즘은 매장들이 썰렁하다. 유명한 브랜드의 피자가게 앞을 지나니 매장이 텅 비어 있고 할인 이벤트 행사만 계속하고 있다. 친구가 그 앞을 지나가면서

"요즘은 피자를 먹는 사람이 없던데 아직도 매장이 있구나."

"난 좋아하고 자주 먹는데……."

친구는 나이가 들었지만 피자를 좋아하는 나를 신기하게 쳐다본다. 생각난 김에 오늘은 피자를 시켜 직원들과 나눠 먹어야겠다.

여자, 지금 당장 사업하라!

03

내 자식을 위한 교육 사업

"죄송합니다. 지방에는 지사가 없습니다."

　　　　　딸아이의 영어교육을 위해 서울 본사로 전화를
했는데 지방엔 지사가 없다는 얘기를 듣게 된 것이다. 곧 지사 모집
을 하니 지사가 생기면 교육 신청을 하라고 했다. 대학교 때 교직을
이수했고 교생실습도 다녀왔으며 영어는 좋아하고 기죽을 정도가
아니니 이참에 내가 지사를 하면 어떨까 하는 생각이 들었다. 일간
지에 공고가 난다고 해서 계속 일간지를 지켜봤더니 지사 모집 공고
가 실렸다. 본사로 전화해서 지사를 하고 싶다고 하였더니 상담 일
정을 잡아주었다. 필요한 서류들을 챙겨서 서울에 있는 본사로 면담
을 하러 갔고 당장 지사 계약을 하고 내려왔다. 기존 계열 지사들의
계약이 우선이어서 내가 원하는 지역을 계약하지는 못했지만, 젊은

주부들이 많고 앞으로 발전 가능성이 있는 지역이라 만족했다.

교육회사와 가맹을 맺어서 그런지 교육 기간이 길고 잦았다. 첫 교육은 8일 정도의 합숙 교육이었다. 영어교육에 관한 자료도 많이 얻었고 영업의 기초교육도 받았다. 사실 지사장들은 이렇게 긴 교육을 받을 필요가 없고 받고자 원하는 사람들도 거의 없다고 한다. 좀 짧은 일정으로 지사장 교육이 이루어지지만 지사장이 교육부, 사업부를 모두 알아야 한다는 생각에 각종 교육은 다 참석했고, 함께 한 선생님들과 같이 시험을 치고 평가도 받았다. 다른 영어교육과 차별화하기 위해 본사는 신입 교사를 캐나다로 연수 보냈다. 교육 기간이 정확하게 기억이 나지는 않지만 지사가 그 교육비를 지원해야 했고, 아이들이 없었다면 나도 가고 싶었다. 비싼 연수비용 때문에 교사면접은 신중해야 했고 오랫동안 같이 할 수 있는 사람으로 채용해야 했다.

내가 교육을 다니며 아이들을 제대로 못 본다는 이유로 남편은 잘되는 피자가게를 그만두고 지사장 명함을 팠다. 졸지에 나는 실장이 되었다. 부부가 함께하는 지사들이 많은데 보통 남자는 지사장, 여자는 실장이라 불렀다. 나는 사업부와 동행하고 교사교육을 하고, 수업을 마치고 늦게 퇴근하는 교사들까지 체크 하느라 하루가 어떻게 지나가는지 몰랐다. 퇴근해서는 아이들을 보느라 또 힘든 시간을 보냈다. 원래 이런 계획이 아니었는데…….

사실 사업부와 동행을 한다지만, 영업을 처음 하는 나는 한 달 정도 받은 교육으로는 나 자신도 건사하지 못했다. 교육받은 대로 엘리베이터 꼭대기 층에서 내려 광고지를 붙이면서 계단을 내려오는데, 그 일만 잘했다. 벨을 눌렀을 때 안에서 기척이 들리면 놀라서 아래층으로 도망갔다. 동행한 교사와 전단 작업만 하고 상담은 다른날 가자고 계속 미뤘다. 한 번씩 동행한 교사와 다음 일정을 잡으려니 도무지 자신이 없어서 평소 알고 지냈던 영업사원에게 전화를 걸어 협조를 구했다. 그분은 교육용 교재를 판매하시는 분인데 영업을 잘하고 고객관리도 탁월했다. 몇 번의 거절에도 미소를 잃지 않고 끈질기게 시도한 끝에 우리 집에 시리즈 세트를 모두 판매한 장본인이다. 하소연했더니 안 그래도 신생 지사에 관심이 많았고 직책을 주면 우리 지사로 와서 사업부 교육을 해 주겠다고 한다. 물론 급여는 부담이 되었지만 매출이 많이 일어날 거라 기대하고 함께 하기로 했다. 나도 함께 다니며 영업을 배웠지만, 고객의 집을 들어가서는 마네킹처럼 웃고만 앉아 있었다.

그런 수습 기간을 거쳐 드디어 혼자 영업을 나섰다. 벨을 누르고, 누구냐는 소리에 인터폰에 입을 가까이 대고 모깃소리로 소속을 밝혔는데 흔쾌히 집안으로 나를 인도했다. 이렇게 진입이 쉬운 거였으면 진작 도전해 볼 걸 생각하면서 내미는 방석에 살포시 앉았다. 다 짜고짜 영어 교재 얘기를 하는 나에게 커피를 타 온다. 커피로 목을 축이고 영어교육을 강의하듯이 일방적으로 얘기를 했더니 평소 궁금한 게 많았다며 이것저것 질문을 했다.

'어라? 이거 뭐지? 친절하게 커피도 주시고. 우와 처음부터 풀세트를 팔겠다. 야호!'

질문을 주고받으며 두 시간 가까이 얘기를 하고 교육받은 대로 마무리를 하려는데 단호한 한마디.

"남편한테 물어보고 연락드릴게요."

띠로리. 난 여태 뭘 한 거지? 정신이 가출한 듯 멍하고 입술도 마르고 다리도 저렸다. 끝까지 미소를 잃지 않으려니 입도 경련이 일어나는 듯했다.

"네, 연락 주세요."

라는 말과 함께 대문을 조심스럽게 닫고 나왔다. 영업교육에서 배웠다. 남편에게 물어보고 연락 준다는 말은 안 사겠다는 말이라고. 이상도 하다. 대화할 사람이 필요했나? 그렇게 오랫동안 나를 잡고 이것저것 묻고 얘기하더니 야박하게 거절을 하다니.

내가 모셔온 영업의 달인이 나의 얘기를 듣고 한참을 웃더니 마무리하는 말과 거절에 대응하는 말들을 알려주며, 하다 보면 기술이 늘 거라고 위로해주었다. 처음 나간 영업이지만 큰 상처를 받지 않고 온 것만도 감사하게 생각하라 했다. 영업은 계속했지만 과장된 표현도 힘들고 표정 관리가 안 되는 얼굴 때문에 사실 실력은 늘지 않았고 효율적이지도 못해 전문 영업사원에게 맡기고, 나는 교육부 교사교육과 전체 관리를 했다. 회원 수는 점점 늘어나고 사업이 안 정궤도에 들어서고 나니 피자가게보다 훨씬 일찍 마치고 시간이 자 유로워 아이들과 함께하는 시간도 많아졌다.

지사 정상화만 신경을 쓰느라 나라가 어찌 돌아가는지도 몰랐는 데 IMF 외환위기가 오면서 나라 전체가 술렁였다. 불행 중 다행은 우리나라 엄마들의 영어교육에 대한 열정이 세계적이고, 이 회사의 영어교재에 대한 신뢰도가 높은 이유로 매출이 살짝 줄기는 했지만 크게 타격은 없었다. 그런데 정작 다른 데서 문제가 생겼다. 피자가 게에서 번 돈과 영어교육 사업으로 번 돈을 남편이 나 몰래 상가 분 양 계약금으로 썼다. 대구에 올라와서 초라한 집에 살아도 새 아파 트를 분양해서 내 집 마련의 꿈을 이뤘다. 피자 배달을 하고 책을 파 는 영업을 하면서 힘들어도 대출금을 갚아나가는 것에 만족하며 살 았는데, 뒷일은 생각하지 않고 모든 돈을 상가 분양에 쏟아 넣었단 다. 그런데 상가가 부도나고 공사가 멈추면서 계약금을 받을 수도 없고, 중도금을 조금 더 넣으면 계약금을 돌려준다는 말에 돈을 더 입금했다고 한다. 계획된 지출 일정이 꼬이기 시작했다. 부잣집에서 자란 남편은 씀씀이가 커 평소처럼 지출했고, 지점을 낼 때 백 평이 넘는 사무실을 임대했다. 그렇게 큰 지점을 냈지만, 관리하지 않아 그 지점은 문을 닫게 생겼다. 영업조직을 데려오면서 터무니없는 조건을 걸어서 직원들 월급도 제대로 못 주는 상황이었다. 매출이 없어도 급여를 지급한다는 조건으로 입사한 지점 직원들의 월급날은 스트레스로 다가왔다. 남편은 월급날이면 어디론가 사라져 버렸다. 밀린 직원월급과 예상치 못했던 지출들이 늘어나면서 다음 수입이 들어올 때까지 기다릴 수가 없어 은행에 다니는 친구에게 전화했다. 집안 형편이 어려웠어도 자존심 때문에 남이 사주는 밥을 얻어먹느니 각자 계산하거나 내가 계산하는 일이 많았는데, 내가 남에게 돈을 빌릴 줄이야. 친정어머니는 형편이 어렵기도 했지만, 걱정하실 게 뻔하니 친한 친구에게 전화할 수밖에 없었다. 수화기 너머로 들린 친구의 말은 너무 또박또박해서 전화기가 부러지는 줄 알았다.

"나는 친한 친구와는 돈거래 안 하는데!"

내 상한 자존심은 어디서 회복하며 돈은 어디서 구해야 한단 말인가. '그래, 사정할 수 있는 데는 조금 기다려달라고 사정하고 좀 더 열심히 일해서 벌고 최대한 지출을 줄여보자.'

내가 운영하는 곳의 수익에서 남편의 지점 직원들 월급까지 책임져야 했고 그 비싼 임대료를 대신 내야 했다. 설상가상으로 몇 달 전

남편은 차를 팔아 밀린 임대료를 냈고, 새 차를 사서 할부금이 더 늘어난 상태다. 목돈을 받고 할부금은 남편이 계속 내는 조건으로 차를 팔았기 때문에 새 차 할부금까지 늘어난 것이다. 결국 상가 계약금은 날리고 아파트는 경매가 진행되었는데 전세를 살고 있던 세입자가 받았다. 그럴 줄 알았으면 새집에서 잠시 살다가 전세를 줄걸. 허름한 집에서 고생만 하고 이제 남은 게 하나도 없다니.

04

빈털터리가 되어도 사업

하루아침에 빈털터리가 되었다. 물론 내가 운영하는 지사에서 나오는 수익이 나쁘지는 않았지만 다른 지점의 살림도 챙겨야 하고, 지출을 줄여야 할 판에 남편은 계속 늘어난 지출 목록들을 내민다. 사실 결혼 전에 남편이 대출받은 돈을 갚은 지도 얼마 지나지 않았다. 시집에는 모르는 돈이라고 하면서 결혼하자마자 대출통장을 내밀었다. 대출받은 돈으로 젊음을 불태웠나 보다. 만난 지 3개월도 안 된 채 결혼을 해서 남편의 성향을 제대로 파악하지 못한 내 잘못이다.

편의점을 할 때도 시집 건물에서 운영하니 아쉬울 게 없던 남편은 꼬박꼬박 저금하는 나를 궁상맞게 바라봤다. 피자가게를 할 때는 오토바이로 배달 가면 스타일 구겨진다고 배달용 차를 산 사람이다.

여자, 지금 당장 사업하라!

내가 배달하러 다니기 시작하자 그나마 다니던 배달도 안가고 후배들과 시내에서 보내는 시간이 많았다. 특급호텔 멤버십에 가입하면서 비싼 연회비를 지급하기도 했다. 가족들을 좋은 호텔에서 누리게 해 주고 싶다는 생각을 한 것은 고맙지만 불필요한 과소비라 생각했다. 고급 식당에서 계속 외식하려는 남편에게 집에서 밥을 먹자고 하니 "참, 이상한 사람이네. 남들은 외식 안 시켜준다고 난린데 가자고 해도 싫어하니……." 라며 오히려 핀잔을 주고 아이들만 데리고 나간 적도 많다.

남편은 차를 바꾸면서 할부금을 계속 가져왔기 때문에 자동차는 한 대지만 할부금은 3대 분량이었다. 대책을 마련해야 했다. 같이 외식 다니고 여행 다닐 때가 아니었다. 두 개의 사무실 중 하나는 정리를 해야 하는데 쉽지 않았다. 백 평 넘는 지점 사무실은 임대료가 비쌌지만 계약 기간이 아직 많이 남아있어 정리가 힘들었다. 지사는 규모가 작았지만 수익이 높은 편이라 정리할 필요가 없었다. 자가용이 없는 직원들이 많아 다소 먼 거리에 있는 지점으로 사무실을 옮기는 것도 무리였다. 이런 고민을 하고 있었는데 창원에서 손아래 시누이가 연락이 왔다. 교육 사업을 하고 싶다고 했다. IMF 외환위기 여파로 매부가 직장을 그만두고 사업을 하고 싶어 하는데, 아이를 위해 교육 사업이 낫겠다고 판단한 거다. 시누이 부부는 평소에도 부지런했고 처음 하는 사업이니 열정적으로 할 것이고, 새로 시작하면 많이 힘들겠지만 이미 수익이 발생하는 우리 지사를 받아서 하면 자리 잡기가 쉽겠다는 생각이 들었다. 지사의 안정적인 수입은 별도로 하고, 사무실이 큰 지점을 새로 시작하는 마음으로 제대로 운영한다면 분명히 수익이 배가 될 수 있을 것이다. 우리는 계속해도 답이 없는 상황이고, 나는 더 이상 밑 빠진 독에 물 붓기 싫었다. 의욕 상실로 더는 일 하기 싫은 나와 의지 충만한 채 시작하려는 시누이 부부와의 거래는 그야말로 누이 좋고 매부 좋은 일이었다.

교육 사업을 정리하면서 시누이에게 받은 돈으로 자동차 할부금, 기타 지출들을 정리하고 생활비를 곶감 빼먹듯이 쓰고 있으니 결과는 뻔했다. 내가 또 움직여야 했다. 뭘 해 먹고 살아야 할지 또 궁리해야 한다. 답답해서 바람도 쐴 겸 아이들을 데리고 공원에 놀러 갔다가 근처 청소년 수련관에서 열리는 로봇 레이싱 대회를 구경하게 되었다. 나도 신기한데 아들 녀석은 눈이 돌아갈 판이었다. 옆에 있는 광고지를 보니 레고 제품을 사면 집으로 와서 로봇 수업을 해 준다고 한다.

'아니, 장난감 레고에 이런 게 있었나? 게다가 움직이고 달리기를 하다니.'

아들은 너무 어려서 수업할 수 없었다. 만드는 것을 좋아하던 딸은 관심을 가지며 레고를 구경했고, 나는 광고지를 유심히 살펴

여자, 지금 당장 사업하라!

봤다. 그런데 여기도 지사였다. 그렇다면 내가 지사를 해서 저렴한 가격으로 제품을 사서 우리 아이들에게 혜택을 주면 되겠다고 생각했다.

본사로 전화해서 지사개설 문의를 했다. 아쉽게도 대구 지역은 얼마 전에 누군가가 계약을 했다고 한다. 전자도시 구미도 교육열이 높아 괜찮겠다는 생각으로 문의했더니, 구미도 계약은 하지 않았지만 상담 중인 사람이 있다고 한다. 어차피 대구에 있을 이유도 없고 새로운 일을 시작하면 아이들을 돌보는 것도 문제가 될 수 있으니 고향으로 내려가기로 했다. 대신 많은 지역을 계약하기로 했다. 본사가 지사개설을 시작한 지 얼마 되지 않아 개설비용도 저렴했고, 계약조건도 지사에게 유리하도록 배려를 많이 해주었다. 본사교육을 다녀오고 초도 물품을 받았다. 이번 사업은 이공계열의 사람이 유리한 일이었다. 기어, 도르래, 가속과 감속, 바퀴와 축, 지레의 원리, 빛 센서, 컨베이어 벨트 등등 인문계열을 나온 여자에게는 상당히 생소한 단어들이다. 그렇지만 레고를 조립하면서 그 원리를 배우니 이해가 쉬웠고, 생각보다 조립하는 것이 재미있었다. 제품들을 검수하면서 전시 작품들을 만드느라 밤새는 줄도 몰랐다. 아이들도 옆에서 도와주며 재밌어했다. 조립에 흥미를 붙인 나는 완성 속도도 점점 빨라지고 본사의 기본 교재 외의 교재들도 추가로 만들 수 있었다. 방문 수업을 가서 만난 아이들과 창의적인 생각을 주고받으며 만들기를 하다 보니 서로 만족하고 즐거운 수업이 되었다. 수업은 점점 소문이 나서 많아졌는데 집집마다 방문하려다 보니 시간이 많이 부족했다.

고민 끝에 학원 체제로 전환하자 생각하고 본사에 허락을 구했다. 외국회사와 계약을 맺은 본사라서 그런지 본사 대표의 생각은 유연했고, 우리의 의견을 받아들였다. 필요한 일이었지만, 새로운 것을 만들어내는 일은 참 힘든 과정이었다. 인테리어에 최대한 레고를 활용하고 아이들이 좋아할 장소를 만들어야 하지만 학부모들이 오기에 유치하지 않은 콘셉트를 잡아야 했다. 우리보다 먼저 학원 체제를 시도한 대구 지사장의 도움을 많이 받았다. 덴마크 레고 본사에 허락을 얻어야 하는 부분도 있어서 신경을 많이 썼다. 설계도대로 만들어졌는지, 레고 수업을 위한 공간이 맞는지 확인하기 위해 덴마크 본사 직원이 온다고 한다. 한국은 주입식 교육이 주를 이룬다는데 레고 학원을 차려서 보습학원으로 쓰는 것은 아닌지 직접 확인해보기 위해서다. '정확한 사람들이구나.'

레고교육센터라는 이름과 인테리어 콘셉트가 없던 상황에서 시도된 교육센터여서 조금 어설프기는 했지만 다들 인테리어가 멋지다고 칭찬을 했다. 레고 전문교육센터의 탄생을 보고 덴마크 직원들도 신기해하고 만족해했다. 인테리어도 잘됐고 덴마크 본사인증도 받았으니 회원이 늘어나는 일만 남았다. 참고로 이후에 계약하는 지사들은 거의 교육센터로 오픈하였고, 대구와 우리 센터를 기준으로 인테리어 콘셉트도 만들어졌다.

금의환향하며 고향에 내려와야 하는데 초도 물품 받고 방 하나짜리 집을 구하고 나니 돈이 얼마 안 남았다. 게다가 센터로 전향하면서 처음 예상보다 큰 규모의 학원을 얻어 인테리어를 하고 학원 차도 사야 하니 돈이 턱없이 부족했다. 처음 시도하는 센터를 위해 본사가 인테리어 비용 지급을 조금 늦춰주는 배려를 해 주었고, 그동안 제품 팔고 수업하면서 번 돈을 합쳐도 모자란 돈은 친정어머니가 조금 지원해주셨다. 우리가 바쁘게 일을 하니 친정어머니가 아이들과 집안일을 봐주셨는데, 돈 때문에 힘들어하는 걸 아시고 봉투를 내미신 거다. 시간이 지나서 알게 된 사실인데, 그 돈은 친정어머니가 다른 데서 빌린 돈으로 계속 이자를 내고 계셨다.

방문 수업할 때 증가한 회원 수와 레고 센터의 비전을 보고 무리를 했는데 생각만큼 회원이 늘지 않았다. 홍보도 부족하고 그룹 수업에 대한 거부감도 있었다. 방문 수업을 했던 회원들도 센터로 오지 않았다. 다른 학원들도 가야 하니 시간이 부족해서 집으로 교사를 부른 것인데 또 학원을 올 리 만무했다. 임대료와 교사급여, 학원 차량 할부금 등도 제대로 지급하지 못했다. 학원 차량 기사 대신 내가 학원 차를 운행했고 문화센터 수업도 직접 나갔다. 문화센터 수업이 있는 날에는 남편이 학원 차량을 운행했다. 학원 차와 동네 곳곳에 현수막을 붙이며 홍보했는데, 불법 현수막 단속 때문에 저녁에 붙이고 아침에 일찍 철거하는 일을 반복했다. 지금처럼 바이럴 마케팅이 흔하지 않았던 시대여서 현수막에 의존을 많이 했다. 지역주민센터에서 수업도 하고 유치원에 파견 수업도 나갔다. 수업을 갈 때뿐만 아니라 다니는 곳마다 전단으로 홍보했다. 절박하기도 했지만 영업교육을 받으면서 조금 단련된 낯짝으로 아주 힘들지는 않았다. 홍보해서 회원을 유치해도 수업에 만족하지 못하면 등록을 하지 않으니 모의 수업에도 신경을 많이 썼다. 레고 교구는 수입품이어서 가격이 비싸고 수업료도 저렴하지 않고 필수로 배워야 하는 교과가 아니니 수업 만족도가 높아야 했다.

지역에서 교육 행사가 열리거나 백화점 행사가 있으면 레고 체험 수업을 진행했다. 다양한 시도 덕분인지 회원이 점점 늘어났다. 지사 계약을 하면서 인정받은 지역이 많다 보니 동선이 너무 길었다. 효율적이지 못해 교육센터 중심부터 공략했다. 먼 곳은 문화센터와 지역주민센터, 방문 수업으로 대체하였다. 지역이 넓고 수업의 종류가 많으니 회비 수익이 조금씩 늘어나기 시작했다. 교육센터의 회원이 늘면서 센터에 있을 일이 많아졌는데 남편과의 운영방침이 달라 마찰이 자주 일어나고 교사들도 불편해했다. 다른 지역에 교육센터를 내서 따로 운영하자고 한다. 선례가 있어 이번에는 절대로 그렇게 하지 않을 것이다. 교육센터는 주임 선생님을 중심으로 잘하고 있으니 내가 외부수업과 홍보를 맡기로 하고 남편이 센터를 맡아서 운영했다. 정상화된 지 얼마 되지 않았는데 학원 차량 기사를 둔다고 한다. 남편은 대신 로봇 수업을 하기로 했으니 나쁘지 않다고 생각했다.

05

신용불량자가 된 사장님

그렇게 1년이 흘렀다. 그 사이 부산·경남지역 로봇대회도 주관하면서 우리 센터의 입지가 점점 커지고 있었다. 요즘은 부산과 경남이 분리되어 진행되지만, 교육센터가 많지 않던 그때는 함께 진행했다. 문화센터 수업도 대기자가 생길 정도로 회원 수가 늘었다. 유치원 파견 수업을 마치고 나오니 교육센터에서 전화가 여러 번 와 있었다. 전화를 해보니 센터 선생님이 떨리는 목소리로 겨우 말한다.

"빨리 와보세요. 여기 이상한 아저씨들이 계속 앉아 있어요. 깍두기 아...저...씨 같은"

남편은 연락이 안 된단다. 분명히 또 무슨 일이 일어났다. 이번엔 뭐지? 깍두기 아저씨? 깡패? 하여간 차를 급히 몰아 가보니 건장한

여자, 지금 당장 사업하라!

남자 둘이 앉아 있었다. 무슨 일이냐고 묻자 다짜고짜 빌린 돈을 내놓지 않으면 교육센터를 폐업시키겠다고 한다. 선생님들 말에 의하면 학부모들도 이 광경을 보고 놀라서 갔다고 한다. 일단 일주일 후에 돈을 준다는 각서를 받고 그들은 센터를 나갔다. 나가면서도 험한 인상을 한 번 더 심어주려는지 의자도 넘어뜨리고 전시된 레고도 망가뜨리며 문을 쾅 닫고 나갔다. 침착하게 말하려고 했지만, 입술이 떨려서 말을 하는데 혀를 깨무는 줄 알았다.

기가 찬다. 정말 뭐라 할 말이 없다. 남편은 남들 시선과 위신을 중요하게 생각하는 사람이니 로봇대회를 성대하게 치르고 싶어서 분에 넘치는 지출을 한 것이다. 분담할 돈도 허세를 떨며 본인이 다 계산하고 하지 않아도 될 부분까지 오지랖을 부린 것이다. 로봇 수업을 본인이 하지 않고 남자 교사를 따로 구했고, 함께 로봇대회를 준비한다는 명목으로 인건비와 보너스까지 두둑이 주려고 했으니 이래저래 돈이 필요했던 거다. 말 안 해도 알 듯하다. 본인이 누리는 사치도 있고 수업료가 들어오면 다 썼던 사람이어서 교구 판매 수입과 수업료를 함께 정산하고 체크 하자고 약속했다. 확인할 때마다 지출이 많아 얘기했지만 의미가 없어 적당히 눈 감았는데 그 돈으로는 어림도 없었던 거다. 지역 생활정보지에 나와 있는 대출업자에게 전화를 걸어 필요한 돈을 빌린 것이다. 이자가 상식적으로 이해가 되지 않고 상환방법도 상식적이지 않은 데다 내 명의의 사업자등록증을 이미 각서와 함께 줬다는 거다. 학원 차량 등록증과 함께. 놀라서 턱이 빠지는 줄 알았다. 사채업의 세계를 경험한 기억이 문득 떠올랐다. 가만 생각해보니 이번이 처음이 아니다. 대구에서 살 때 시내에 있는 주방용 가구점 앞에 주차하고 나에게 카드를 주며 돈을 받아오라 했다. 무슨 말인지 물어보니 카드를 주면 알아서 돈을 주니까 그냥 들어갔다가 오라는 거다. 가구점이지만 분위기가 이상했고, 일명 카드깡이라는 것을 한참 후에야 알았다.

원금도 적지 않았지만, 그들만의 이자 방식으로 돈은 더 불어나 갚아야 할 돈이 엄청났다. 사업장과 학원 차를 찾기 위해 교육센터와 외부수업의 몇 달 치 회비를 몽땅 털어 줘야 했지만 역부족이었다. 본사에 입금해야 하는 물품 대금은 밀리기 시작했고 학부모에게 줘야 하는 교구를 다른 지사에서 빌려와야 했다. 깍두기 아저씨의 등장 이후 학부모들 사이에 소문이 퍼지고 그만두는 회원들이 늘어났다. 회원 수도 줄어들고 수입은 없는데 줘야 할 돈은 꼬리에 꼬리를 물고 계속 이어지고 있었다. 돈도 문제지만 마음이 너무 힘들었다. 돈이야 또 열심히 일해서 벌면 되는데 본사, 학부모, 주변 지사와의 신뢰가 깨지니 난감했다. 교사들의 시선도 따갑게 느껴졌다. 드디어 주임 선생님이 면담을 청해 왔다.

여자, 지금 당장 사업하라!

"사실 부부싸움 일어날까 봐 말 안 했는데 외부수업 다닌다고 몰랐겠지만, 지사장과 안 맞아서 그만둔 선생님도 있고, 장부보다 회비 더 많은데 지사장이……. 말하지 말라고 했는데 이 마당에, 다 말할게요. 본사에 입금할 돈도 계속 밀려서 센터로 전화 자주 왔어요. 이제 회원도 거의 없고 교사들 월급도 못 줄 텐데 남은 우리도 그만둘게요."

일주일에 한 번씩 회식도 거하게 했다고 한다. 나는 외부수업 다니느라 밥도 제때 못 챙겨 먹고 다녔는데. 조금이라도 수업을 더 하려고 6시간을 5분씩만 쉬고 수업했는데. 엄마와 하는 베이비 수업부터 초등학생 과정까지 정원을 다 채워서 수업하고 나오면 머리카락도 엉망이고 머릿속도 하얀 채로 나온다. 레고 교구가 비싸서 외부기관마다 보관하려면 투자비가 많이 들었고, 교구를 싣고 수업 가길 원하는 교사도 없었다. 보따리 장사처럼 레고 교구를 싣고 여기저기 수업 다녔는데, 주차장에서 교구가 쏟아져서 줍느라고 차에 치일 뻔한 적도 있고 비싼 교구가 굴러서 남의 차 아래로 들어갔을 때 꺼내느라 무릎 꿇고 긴 적이 몇 번인데. 그렇게 수업해서 번 돈을 모두 사채업자에게 줘야 하고 이제는 회원도 교사도 남지 않게 되었다.

교육센터는 거의 문을 닫을 지경이었다. 외부수업은 계약 기간이 있어서 계속 출강하지만 수익이 크지는 않았다. 외부기관과 회비수입을 나눠야 하기에 노동에 비하면 수입이 적은 편이다. 수입이 적고 의욕도 없었지만 열심히 해야 했다. 여기서 나오는 수입밖에 없었으니까. 문제의 그 날도 외부수업을 가려고 집을 나서는데 남자 두 명이 집 안으로 들어와서 뭔가를 집행한다고 한다. 집안 곳곳에 빨간딱지를 붙이고 갔다. 떼면 안 된다고 하면서. 아이들이 없는 시간에 와서 다행이었고, 남자 두 명이 집안 곳곳을 다니며 딱지를 붙이는 동안 남편은 문 뒤에 서 있었다. 남편의 민낯을 보게 되었다. 결혼한 지 10년이 지났다. 십 년이면 강산도 변한다는데 남편은 꿋꿋하다. 형제들과도 의절한 상태고 시부모님도 남편을 포기했다. 어릴 때부터 펑펑 써왔던 습관을 돈이 없어도 못 고쳤다. 자동차 할부금만 해도 결혼한 연차만큼 냈다. 빨간딱지 외에도 집 우편함에는 독촉장들이 한가득 꽃다발을 이루고 있다. 빨간색을 좋아하는 건지 독촉장에 쓰여있는 빨간 글자가 지겹지도 않은가보다. 수업은 가야 했기에 핸들은 잡았지만 흐르는 눈물 때문에 앞이 제대로 보이지 않았다. 겨우 수업을 마치고 한적한 곳에 가서 지나간 세월을 생각해 보았다.

부잣집에 시집가면 돈 걱정 없이 행복하게 살 줄 알고 만난 지 3개월 안에 결혼식을 올렸다. 아버지가 없고 친정이 초라하다는 이유로 시어머니의 반대도 있었지만 시아버지과 나머지 시집 식구들의 지지를 얻어 축복 속에 결혼했다. 친정어머니를 모셔야 한다는 나의 말에 기꺼이 동의해준 것도 고맙고, 사업을 할 계획이라는 말도 너무 반가웠다. '나의 모든 꿈이 현실로 실현되는구나' 라는 생각을 함과 동시에 시부모님이 모르시는 대출통장을 받았고, 1년 동안 집에서 놀고 있어도 내 수입이 있으니 사업하기 전까지 참았다. 사업을 시작해서 네 번의 업종을 바꾸는 동안 남편은 한 번도 사업 아이템을 제시하지 않았다. 첫 사업을 형제들과 다투면서 접게 하고 이어지는 사업도 형식적인 일만 하였다. 교육 사업을 하면서 각종 지사장 연수 외에 교사들과 연수를 다니며 불필요한 지출을 해도 좋게 생각했다. 정신없이 일하고 아이 보느라 지쳐있지 않았으면 난 우울증이 생겼을 거다. 친척, 친구 한 명 없는 대구에 가서 일하고 아이 보느라 힘들어서 얼마나 울었는지 모른다. 그렇게 고생해서 자리 잡았는데 겨우 샀던 집도 날리고 아무것도 안 남게 되었을 때 허무해서 죽고 싶었다. 억장이 무너질까 봐 친정어머니께도 말씀드리지 못하고 하소연할 데가 없어서 너무 막막했다. 나쁜 마음을 먹고 아파트 옥상으로 올라가다, 찬바람에 아이들 얼굴을 떠올리며 머리를 세게 흔들고 내려왔다. 그날, 아무것도 모르는 아이들을 껴안고 울면서 앞으로는 절대 바보 같은 짓 안 하겠다고 결심했다. 다시 일어서기 위해 진짜 열심히 살았다. 수시로 입을 꽉 다물며 결심하느라 한동안 입술이 계속 터져있었다.

해도 해도 끝이 없고 내 능력으로는 더 어찌할 수가 없었다. 내 명의로 산 자동차들의 할부금이 밀리기 시작했고 각종 세금이 체납되면서 나는 신용불량자가 되었다. 내 명의로 사업자등록증을 냈기 때문에 그와 관련된 체납금들은 모두 내 몫이었다. 더 이상 내 명의로 차를 구매할 수 없자 레고 센터의 학원 차는 친정어머니 명의로 샀기에 친정어머니도 신용불량자가 되었다. 젊은 시절부터 남의 빚을 갚느라 힘들게 살아도 책임감 때문에 원금과 이자를 밀려본 적 없이 사셨던 분이, 하나 있는 자식 때문에 신용불량자가 된 것이다. 시댁에서는 살림을 어떻게 했기에 이렇게 되었냐고 하며, 어려운 친정에 돈을 빼돌린 게 아니냐고도 했다. 이 지경을 이해할 수가 없다며. 나도 이해할 수가 없다. 깨진 독에 물 붓는 일을 빨리 포기했어야 했는데 깨진 구멍은 점점 커졌고 거기로 내 눈물까지 계속 새고 있었으니. 주변 사람들도 한마디씩 거든다.

"내 이럴 줄 알았다. 장난감을 가지고 학원을 차릴 생각을 하다니. 이렇게 뻔쩍뻔쩍하게 돈 들여서 인테리어 할 때 말 안 하고 지켜봤지만 망할 줄 알았다."

여자, 지금 당장 사업하라!

06

끝날 때까지 끝난 게 아니다

사채업자에게 줄 돈을 마련해야 했다. 교구를 주변에 할인해서 팔고, 학원 차와 집기들도 중고로 팔아서 현금화하였다. 아이들 돌 반지를 제외한 모든 금과 결혼하면서 받은 예물들을 다 정리했다. 아이들 돌 선물들은 손대고 싶지 않았다. 사채업자의 돈은 모두 정리되었지만 앞으로 어떻게 해야 할지 결단을 내려야 했다. 가게와 집 임대료도 밀리고 둘째 아이 유치원비도 못 낼 형편이 되었다. 아무것도 모르는 아들은 텔레비전에 붙은 빨간 딱지를 떼려고 하고 눈치 빠른 딸은 아들을 데리고 방에 들어가서 노는 척한다. 남편과 대화를 했지만 특별한 대책은 없었다. 남편은 말문이 막히면 화를 내고 나가 버리는데, 오늘도 큰소리를 치면서 손에 잡힌 가전제품 하나를 던지고 나가버렸다. 나는 밖에서, 아이들은 방에서 작은 소리로 울고 있었다. 아이들에게도 미안하고 교육적이지 못했다. 가장 따뜻해야 할 집안에서 아이들이 불안해하며 울고 있다니 부모 된 사람이 지금 뭘 하고 있는 건가 싶었다. 아이들이 커가면서 사업 아이템도 거기에 맞추고 아이들 때문에 참고 이겨냈는데 이건 아니다 싶었다. 대구에서 살면서 아파트 옥상에 올라간 날보다 더 힘들었지만 아이들을 위해 기운 내야 한다. 한 번 더 해보자.

"그래, 나 박혜진이야. 박혜진이라고."

밤새 게임을 하는 남편은 이틀 동안 게임을 하고 돌아와 하루 종일 잠을 자곤 했다. 온종일 자고 일어난 남편에게 따로 사업체를 운영하고 관리하자고 제안했다. 서로 간섭하지 않고 잘되든 못되든 각자 책임지는 것으로 하자며, 내 생각을 얘기했더니 찬성했다. 남편은 계속 레고 센터를 하고 싶어 했고, 이 지역은 창피하니 다른 곳에서 오픈하고 싶다고 했다. 새로운 센터 개설에 필요한 비용 일체와 지금 진 빚을 모두 내가 도맡기로 했고 아이들 교육도 내가 책임지기로 했다. 말도 안 되는 계획이지만 10년 동안 지켜본 결과, 남편은 돈을 해결 못 하고 해결하려고도 하지 않을 게 뻔하다. 남편 자존심에 아무 일도 안 하지는 않을 테니 그냥 내가 개설비용을 주고 이후로는 나의 사업장 수입을 일체 손댈 수 없다는 서약서를 받는 게 나았다. 빚도 내가 책임지고, 본인 마음대로 할 수 있는 새로운 센터를

여자, 지금 당장 사업하라!

낼 수 있다는 말에 남편은 대찬성했다.

그렇지만 그 많은 돈을 이제 어떻게 마련하지? 내 주변에는 그렇게 돈이 많은 사람이 없다. 신용불량자여서 대출도 불가하다. 레고교육센터 개설비용이 예전보다 높아졌고 본사에 신뢰를 잃은 상태여서 개설할 수 있을지도 미지수였다. 내가 왜 대책도 없이 그런 말을 했을까 후회도 했다. 매일매일 궁리를 하느라 머리가 터질 지경인데 친정어머니의 레이더에 걸렸다. 고민을 얘기해보란다. 해결되든 안 되든 무슨 일인지 같이 의논하자고 하신다. 내 얘기를 듣고 한숨만 내쉬셨다. 이틀 후 친정어머니가 비장한 표정으로 오셨다. 당신 지인의 통장과 도장을 갖고 오셨고 나에게 각서를 쓰라고 한다. 사채업자에게 각서를 써준 이후 나는 서약서 양식의 모든 서류에 '각서'라는 타이틀을 쓰지 않았는데 이번에는 시키는 대로 다 하기로 했다. 친정어머니를 믿고 지인이 그 큰돈을 빌려주기로 하셨다. 대신 사업자등록증은 그분 성함으로 하고 돈을 갚을 때까지는 한 푼도 가져가지 못하고 은행이자보다 높은 이자를 주는 조건이었다. 문제를 해결할 수만 있다면 어떤 조건이라도 수용해야 하지만, 수입전체를 지급해야 하면 당장 아이들 교육비와 생활비를 어떻게 해야할지 난감했다. 나의 마음을 읽고 친정어머니는 나를 위해 넣어뒀던 보험을 해약했다며 돈을 내미셨다. 만기 전이라 손해가 컸지만 어쩔 수 없는 상황이니 해약을 하신 것이다. 눈물을 흘리면 같이 초상집이 될 것 같아 꾹 참았다. 힘들게 살면서도 신용을 잃지 않고 이렇게 큰돈을 융통해 오신 친정어머니를 욕보이지 않게 하기 위해서라도 잘해야 한다. 힘내야 한다.

남편과 내가 따로 센터를 하고 싶다고 본사에 가서 사정했다. 그동안 신용을 잃었지만 초창기 지사의 혜택도 있고, 처음 개설할 때 받은 지역 중 하나를 포기하는 조건으로 지사개설이 허용되었다. 남편은 원하는 곳에 교육센터를 오픈했고, 나는 개설비용을 아끼기 위해 원래 있던 곳에서 다시 오픈하기로 했다. 소문이 나서 이미지 개선이 힘들 수도 있지만 해보기로 했다. 예전 주임 선생님과 초기부터 함께 한 선생님께 연락해서 센터 내부를 믿고 맡겼다. 당분간 차량운행은 하지 않기로 하고 학부모가 데려오는 대신 회비 혜택을 줬다. 나는 예전보다 더 많이 외부수업을 다니면서 센터 홍보를 했다. 현수막도 혼자 붙이러 다녔다. 현수막 끝에 있는 각목과 철사에 손이 베기도 했지만 전봇대에도 붙이고 더 공격적인 홍보를 했다. 시에서 지정한 게시대에 돈을 지급하고 일주일 동안 합법적으로 현수막을 붙이는데 비가 와서 설치를 못 한다고 한다. 내일도 비가 온다는데 그러면 5일밖에 게시할 수가 없다. 안타까운 마음에 비를 맞고 가서 내가 직접 설치하겠다고 하니 담당자가 혀를 내두르며 감전되

여자, 지금 당장 사업하라!

면 어쩔 거냐고 나무라면서 설치해주고 가셨다.

하루에도 두세 군데를 이동하며 수업을 했다. 차로 빨리 이동해야 하는 일이 많아 종신보험을 넣고 사망금액을 높여서 수익자도 지정했다. 이렇게 바쁘게 살다 죽게 되면 미성년자 아이들과 친정 어머니의 빚이 생기게 되니 미리 가입해두었다. 슬픈 일이지만 가족들을 위해 안전장치가 필요했다. 영유아 수업이 있는 오전부터 초등학교 고학년을 위한 방문 수업까지 마치고 집에 가면 쓰러지기 직전이었다. 수업을 마친 후에도 곳곳에 홍보지와 작은 현수막을 붙이러 다녔다. 토요일에는 외부수업을 마치자마자 센터의 회원들을 위해 차량운행을 했다. 토요일은 센터 회원이 많아 차량운행이 필요했고, 교사도 부족해서 수업도 해야 했다. 최초 레고 센터를 시작해서 자리 잡기까지 했던 일을 두 배로 했다. 그때는 내가 할 수 있는 최대의 일이라 생각했는데 지금 이렇게 더 많은 일을 할 수 있다니 인간의 한계는 끝이 없나 보다. 지속적인 홍보와 수업의 만족도가 높아 회원 수가 점점 늘어나 교사 충원이 필요하고 차량 기사도 필요했다.

되돌아가서 다시 시작한 지 1년쯤 지나자 앞이 보이기 시작했다. 그런데 목소리가 나오지 않았다. 성대 결절이 온 것이다. 말을 해야 먹고살 수 있는데 말을 하면 안 된단다. 수술을 권했지만, 수술비도 들고 수술 후에도 말을 많이 하게 되면 재발한다고 하니 수업을 줄

여보기로 했다. 외부수업만 가는 교사를 구했는데, 내 수업을 다 하려면 교사 세 명이 필요했다. 세 명이 교구를 나눠야 하니 또 교구 구입비 지출이 생겨 같은 수업이 겹치지 않도록 시간표를 조정하고, 불가능한 곳은 내가 교구를 이동하기로 했다. 어차피 수업을 못 하니 차량 기사를 구하지 않고 내가 운행을 하고, 이번 학기까지만 외부수업에 필요한 교구를 옮기면 된다. 비싼 새 교구를 사는 것보다 동선이 맞지 않는 외부수업을 정리하는 것이 합리적이었다. 먼 거리는 다른 지사에 외부수업을 넘겨주고 센터 회원에 집중하기로 했다. 일요일 하루도 제대로 못 쉬고 홍보를 하러 가는 날이 많았다. 일요일에 열리는 각종 행사에 레고 체험 부스를 만들고, 백화점이나 대형할인점에도 가족체험 레고 행사를 기획했다. 한 달에 두세 번씩 외부행사를 위해 참석해주는 선생님들이 정말 고마웠다. 나의 사정을 알고 딱하게 여기며 성심껏 도와주고 가족처럼 지냈다.

최대한 조심하고 있는데 목소리는 쉽게 돌아오지 않고 위장질환까지 겹쳐 병원 출입이 잦았다. 이동하면서 수업을 하니 굶거나 차 안에서 빵을 먹으며 끼니를 때웠는데 탈이 난 모양이다. 아직은 아프면 안 되는데 아직 가야 할 길이 먼데 큰일이었다. 몸이 자꾸 아프다 보니 마음이 너무 힘들었다. 그래도 어마어마한 빚을 갚기 위해 멈추지 않고 달려야 했다.

몸과 마음이 힘들 때면 한적한 곳에 주차하고, 음악을 크게 틀어 놓고 눈이 붓고 지쳐서 어지러워질 때까지 목 놓아 울었다. 나는 떠다니는 구름이 좋았다. 눈물이 날 때면 구름을 보았다. 너무 평온했다. 천천히 조금씩 이동하는 구름은 여러 모양으로 보였고, 어떤 모양으로 보이는지 한참 쳐다보다 보면 슬픔도 금방 잊었다. 지쳐있는 나에게 구름은 언제나 위안이 되었고, 실컷 울 수 있는 자동차가 있어서 정말 감사했다. 힘든 표정으로 집에 들어가면 어머니가 금방 눈치를 채시고 속상해하실 게 뻔하니 구름을 보며 차에서 마음을 다스려야 했다. 친정어머니는 "네가 이렇게 힘들게 일하러 다닐 줄 알았으면 내가 돈을 안 구해오는 건데." 하시며 자주 속상해하셨다.

여자, 지금 당장 사업하라!

07

아무도 모르는 사업 아이템

최선을 다해 앞만 보고 달렸다. 끝날 것 같지 않던 일도 마무리가 되어가고 있었다. 회원 수와 교구 매출이 인근 지사 중 제일 높고 내부와 외부의 회비수입과 출강업체 숫자도 단연 독보적이었다. 2003년 친정어머니의 지인에게 빌린 돈 2억을 2년 안에 갚겠다고 약속했는데 시기를 조금 앞당겨서 다 갚았다. 하늘을 날 것 같았다. 매달 죄어오던 숨 막힘을 이제는 안 느껴도 된다. 고향으로 내려와서 처음 센터를 개원할 때 친정어머니가 주신 돈의 정체를 얼마 전에 알았기 때문에 그 빚이 남아있고, 은행 채무는 계속 상환하고 있으니 아직 완전히 끝난 것은 아니지만 다 합쳐서 팔천만 원 정도다. 은행 채무는 밀리지만 않으면 매달 일정 금액 천천히 갚는 조건이니 남은 돈은 식은 죽 먹기다. 탄력받았을 때 조금 더 달리면 된다. 2억을 갚을 때도 밀린 의료보험료, 각종 공과금과 통신요금 등 소소한 부채가 천만 원 정도 있었는데 금방 갚을 수 있었다. 꾸준히 목 관리를 해서 성대 결절은 나았지만, 이후부터 목감기가 자주 걸리고 예전 목소리와 톤이 달라졌다. 그래도 조금씩 수업은 가능하니 조건이 한결 낫다. 아이들과 함께하는 시간도 좀 더 늘어서 좋았다.

그러던 중 우리 교육센터를 인수하고 싶어 하는 사람이 나타났다. 사업을 하려는 사람에 따라 창업 방법이 달라진다고 생각한다. 하고 싶은 일을 새로 시작하고 이루어내는데 흥이 나는 나 같은 사람도 있지만, 사업 경험이 없고 아이템도 없이 새로 시작하려는 사람은 잘 되는 사업체를 받아서 하는 것도 좋은 방법이다. 나의 교육센터를 받은 사람은 15년째 아직도 잘하고 있다. 나는 새로운 장소에서 교육센터를 다시 시작했다. 좀 열악한 시장이었지만 얼마 가지 않아 정상궤도를 달리게 되었다. 먼 곳에서도 회원들이 찾아왔다. 차량운행을 하지 않는 곳인데 우리 센터에 오고 싶어서 여러 명이 팀을 만들어 학부모가 돌아가면서 직접 차를 몰고 센터로 왔다.

곳곳에 레고교육센터들이 많이 생기고 로봇대회가 활성화되니 권역별로 회의나 교육이 많이 필요했다. 부산·경남권 교육을 위해 부산에 있는 회의 장소를 갔다가 새로운 세계를 보았다. 모임 공간

여자, 지금 당장 사업하라!

이란다.

'도대체 이곳은 뭐 하는 곳이지? 앞으로 비전 있어 보이는데?'

아이들을 위해 시작했던 사업들이 여러 풍파를 거쳐 너무 오래 이어졌다. 이제는 우리 아이들이 훌쩍 커서 지금 하는 사업과 관련도 없고, 젊은 학부모들과 공감대 형성이 쉽지 않다고 느끼던 참이었다.

"잘 되는 센터를 팔겠다고? 학부모랑 공감대를 좀 못 느끼면 어때? 여태까지 고생하다 이제 편하게 돈만 모으면 되는데 무슨 짓이야? 교사들한테 맡겨놓고 이제 편안하게 놀러 다니자."

새로운 일을 하고 싶다는 얘기를 듣고 인근 센터 원장님이 흥분하며 말씀하신다. 나도 갈등이 생기기는 했다. 이제는 갚을 빚도 없고 안정화된 센터에서 나오는 수익이 제법 쏠쏠했다. 금융권 채무를 다 갚아도 오랫동안 신용카드는 쓸 수 없어 큰 금액도 항상 현금으로만 결제했는데, 연체 해제가 되어 드디어 내 이름으로 신용카드도 발급되었다. 겨우 안정적이고 편안하게 살 수 있게 됐는데 흥할지, 망할지 모르는 새로운 일을 도전하는 것이 잘하는 일인지 모르겠다.

누구에게 의논할 데도 없다. 편의점을 시작할 때, 슈퍼마켓을 하는 친구가 빨리 접고 일반 슈퍼마켓으로 바꾸라고 설득했다. 한솔교육 신기한 영어나라를 시작할 때는 캐나다 교사 연수비까지 내면서 아직 활성화되지 않은 초기 사업을 한다고 주변에서 말렸다. 레고교육센터를 할 때도 레고 장난감을 가지고 수업을 할 생각을 하다니

미친 짓이라며 놀렸다. 내가 사업 아이템으로 말하는 것마다 반대하니 이제는 놀랍지도 않다. 주변에서는 점점 더 심해진다며 나이가 들면서 더 무모해지니 이상한 사람으로 쳐다본다. 안정적인 수익은 그대로 두고 새로운 일을 시작하면 좋을 텐데 개설 자금이 없으니 성업 중인 사업을 정리해야 했다. 잘되고 있는 사업을 그만두고 새로 시작하는 일에 돈과 열정을 모두 투자하는데 망하면 나는 또 빈털터리가 된다. 그렇게 되면 돈도 잃지만 의욕도 잃어서 회복하기 쉽지 않을 텐데. 이젠 젊은 나이도 아니고. 사람이 하루에 오만가지 생각을 한다더니 정말 온종일 머리가 뒤죽박죽이었다.

'이 일을 어떻게 하지? 해 볼까? 말까?'

'한번 알아보자. 그까짓 거 알아보고 안 해도 되잖아?'

처음에는 두려워서 어렵게 시도하지만 해보고 나면 별것 아니다. 피자 배달 때문에 어쩔 수 없이 맨 처음 핸들을 잡았을 때 운전석에 앉아보니 도로를 내 차가 다 점령한 듯이 보였다. 그렇게 시작한 운전이 점점 익숙해져 이제는 어떤 차도 운전하는 데 문제없고 자신 있다. 똑같은 원리다.

이 사업에 대해 아무것도 모르니 기존에 있는 업체들을 다녀보고 가맹점을 할 수 있으면 계약을 해보자고 생각했다. 서울에서 부산까지 이런 모임 공간은 모조리 뒤져 보았다. 그리고 일일이 다 찾아가 보았다. 그중에는 문을 닫은 곳도 많았다. 크게 성업 중인 곳은 직영

여자, 지금 당장 사업하라!

체제로 운영되고 있고, 직원들만 있어서 운영에 대해 알아볼 수가 없었다. 직영인 곳만 제대로 운영되고 있었고 나머지 개인 브랜드는 문을 닫았거나 고객이 별로 없어 매장 안이 썰렁했다.

'이건 뭐지? 직영으로 운영하는 업체만 살아남았네? 여기는 규모가 엄청나고 전국적으로 지점이 많으니 옆에서 못 버틴 건가? 하기야 내가 갔던 곳도 직영하는 업체의 지점이었잖아.'

엄두가 나지 않아 지점개설을 해준다고 했으면 덥석 계약했을 거다.

'포기할까? 그래 잘 된다는 보장도 없잖아? 나만 똑똑하고 다 바본가? 분명 안 되는 이유가 있을 거야. 그러니까 살아남은 데가 없잖아.'

'아니지. 일단 해보자. 노하우가 있겠지만 성업한다는 건 나도 성공할 수 있다는 거잖아. 비전도 있어 보이는데? 수명도 길어져서 오래 사니까 혹시 망해도 다른 데 가서 일하다가 창업자금을 만들어서 또 하면 되지. 나는 하고 싶은 게 많고 할 아이템이 많으니 문제없어. 그렇다면 뭐부터 해야 하지?'

근거 없는 자신감으로 무모한 결심을 했다.

일단 모임 공간에 대해서 더 알아봤다. 나부터 제대로 개념을 잡아야 했다. 직영이지만 성업 중인 곳을 다녀보기로 했다. 서울에 있는 여러 개의 지점을 이용해보고 사진도 찍었다. 지역 특성이 있을

수 있으니까 다른 지방도 이용해보았다. 지점마다 똑같은 시스템으로 운영이 잘 되고 있었다. 여러 개의 지점을 다녀보니 처음 가졌던 막연한 생각들이 줄어들고 조금씩 밑그림이 그려졌다. 이제는 지점을 개설해 준다 해도 내가 직접 해보고 싶었다. 내 손으로 나의 스타일대로 내가 직접 만들어내고 싶었다. 그렇게 생각은 했지만 단순하지가 않았다. 전혀 아는 게 없고 완전히 생소한 사업이다. 알아봐야 할 것이 너무 많다. 사람들이 왜 프랜차이즈를 하는지, 왜 같은 업종만 하는지 이해가 된다. 식당 하는 사람은 계속 식당을 하고 학원 하는 사람은 계속 학원을 하고 옷가게 하는 사람은 계속 옷가게를 하는 이유를 알 것 같았다.

전국을 오가면서 알아보는 동안 기존 레고 센터는 매매되었다. 회

여자, 지금 당장 사업하라!

원 수와 교구 매출이 많아서 매매가 쉽게 이루어졌다. 주변에서는 하는 매장마다 잘 판다고 비결이 뭐냐고 묻고 부동산을 해보라는 농담까지 한다. 사는 사람은 바보가 아니다. 프리미엄을 주더라도 잘 되는 곳을 사지 안 되는 곳이라면 매매가 이루어지겠는가? 센터가 매매되었으니 더 적극적으로 준비를 했다. 위치선정도 쉽지 않았다. 임대료가 비싸겠지만 교통이 편리하고 주차시설도 좋고 시내 중심부에 있어야 하며 깨끗한 곳을 골라야 했다. 여러 부동산을 갔지만 매장을 보러 가기는커녕 설명하느라 진이 다 빠졌다. 뭘 할지 묻는 말에 본인들이 본 적도 들은 적도 없는 업종을 설명하려니 시간 낭비가 이만저만이 아니었다. 어려운 과정을 거쳐 매장을 보러 갔는데 내가 생각한 곳과는 전혀 다른 곳이다. 이해를 못 한 거다. 안 되겠다 싶어 내가 직접 찾아 나서기로 했다. 지역 생활정보지 여러 개를 매일 이 잡듯 뒤지고 원하는 지역의 건물들을 일일이 보러 다녔다. 우리 도시의 중심가는 숙박업소와 유흥주점이 너무 많아 여기저기 피하다 보니 갈 곳이 몇 군데 없었다. 깨끗하고 큰 건물은 한 층에 두세 점포가 나뉘어 있었는데, 그렇게 되면 우리 매장 옆에 어떤 업종이 있느냐에 따라 소음문제와 화장실 문제가 생긴다. 한 층을 다 쓰면서 실내에 청결한 화장실을 만들 수 있고, 위아래층도 유흥업소가 없는 곳을 찾아다니니, 주변에서 물 좋고 정자 좋은 곳은 없다며 차라리 그냥 건물을 지으라고, 까다롭다며 혀를 쯧쯧 차셨다.

08

멈추지 않는 도전

전국 모임 공간을 다니며 시장조사하고 매장을 찾는 데만 5달째다. 조급해지기 시작했다. 그러던 중 지성이면 감천이라더니 드디어 내 눈앞에 마땅한 장소가 나타났다. 많이 크지는 않지만 처음 시도하는 것이니 그 정도면 충분했다. 리모델링 된 건물이어서 깨끗하고 혼자 한 층을 다 사용하고 화장실도 안에 예쁘게 만들 수 있다. 위아래 큰 음악 소리도 안 나고 숙박업소도 없다. 엘리베이터를 내리면 바로 우리 공간이다. 상호와 심벌마크도 미리 만들어놨다. '모두의 모임 공간', '모두 모여라'의 뜻으로 '모모' 라고 지었다. 심벌마크는 웃는 표정과 맞잡은 두 손을 중의적으로 표현하여, 이 공간을 이용하는 사람들의 모든 모임이 좋은 결과를 맺고 웃고 나갈 수 있으면 좋겠다는 뜻이었다. 몇 개의 상호와 디자인 중 주

여자, 지금 당장 사업하라!

변 지인들의 투표와 의견을 듣고 신중히 결정했다. 사람들을 만날 때마다

"이건 어때? 이 중에 어떤 이름이 나아? 정말 그 상호가 괜찮아? 마크 색깔을 노랗게 할까? 누가 개구리 같아 보인다고 하는 데 정말 그렇게 보여?"

그 당시 내 주변 사람들은 나에게 많이 시달려서 지금도 만나면 그때의 악몽을 되새긴다.

이제 인테리어만 멋지게 하면 된다. 주변 인테리어 업체에 의뢰했는데 본 적이 없으니 만들어 낼 수가 없다고 한다. 찍어온 사진들도 보여줬는데 거절당했다.

'하, 순조롭게 넘어가는 게 없네.'

몇 군데 시도하다가 겨우 한 곳을 섭외했다. 지인이 소개해서 함께 부탁했고 내가 일부 설계를 맡기로 한다는 조건이었다. 말이 일부지 부스를 몇 개 낼지, 부스별 크기, 음료대와 개수대의 위치, 책상과 의자의 배치에 따른 동선을 파악해서 여유를 두고 문을 내는 등 하나부터 열까지 모두 내가 해야 했다. 공사비가 더 들더라도 공간분할과 복도를 모두 유리로 디자인했다. 인테리어를 해본 경험도 없는 내가 공간분할부터 데스크, 바닥재, 조명, 멀티미디어 장비까지 다 확인해야 했다. 지인들과 식당이나 카페를 갈 때마다 천장과

화장실, 조명을 살피고 벽면과 바닥을 살피느라 산만한 시간을 보내곤 했다.

현장에서 일하시는 분들은 나를 성가시게 생각했다. 하루는 컴퓨터 주변기기를 놓는 다용도 선반을 잘못 만들어놓아 난색을 보였더니 실장님이 잘못을 인정하고 선반을 뜯었다. 일명 '빠루'라는 공구를 들고 나도 같이 돕고, 간식을 수시로 사 와서 일하시는 분들께 아부도 했다. 그 덕에

"일할 때 나오지 마세요. 방해되고 잘 모르잖아요. 여자가."

라고 말하던 현장 사람들과도 친해져서 데스크를 두 번 만드는 등 별나게 굴었는데도 무난하게 넘어가 주었다. 현장에서 같이 일하다 다친 적도 있고, 흔하지 않은 경험들을 하면서 드디어 공간이 완성되었다. 지방에서는 볼 수 없었던 모스(이끼) 타일도 시공했다. 공사를 하면서 가구도 알아보러 다니고 소품도 사러 다니느라 몸이 열 개라도 모자랄 지경이었다.

'이럴 때 형제자매가 있으면 같이 다니고 나눠서 일하면 좋을 텐데.'

가구공장도 다니고 가구 전시장이 있는 대도시 매장들도 다녔다. 주변에서는 너무 별나다고 했지만, 이 사업을 이해하는 사람이 아무도 없었기에 내가 원하는 콘셉트로 직접 발품 팔고 사들여야 했다. 설명하면서 힘 빼는 것보다 직접 찾아 나서는 것이 편하고 빨랐다. 인테리어가 끝나고 곳곳에 세심한 부분은 내가 다시 수정했다. 감각

여자, 지금 당장 사업하라!

적인 딸의 도움을 받아 글과 그림 시트지를 붙이면서, 시청에서 울리는 제야의 종소리를 들으며 그해 연말을 보냈다. 늦은 나이에 다시 시작한 대학원 수업을 다니며 과제 제출까지 겹쳐 콧속은 계속 피딱지가 생기고 뻘건 토끼 눈이었지만 완성된 매장은 칭찬 일색이었다. 이용하는 고객들의 말에 따르면, 온기가 느껴지고 뭔가 혼이 들어간 느낌이라고 말했다. 편안하고 쾌적하다고 했다. 화장실에 신경을 썼더니 역시 여성 고객들의 만족도가 높았다.

모모는 셀프 음료대에서 커피 종류와 차, 탄산음료를 고객들에게 무한 제공하는 방식인데, 커피자판기 대여업체가 기계를 줄 수 없다고 한다. 내가 요구하는 기계는 다양한 종류의 음료가 나오는 최고급 형이라 뭘 하는 곳인지 몰라도 재료비를 감당 못 할 거라면서, 곧 철수하게 되면 서로 난처하니 대여할 수 없다 했다. 다른 곳의 대답도 유사했다.

"내가 다 마시더라도 원하는 금액만큼 재료를 시킬 테니 걱정하지 말고 설치해주세요."라는 단호한 말을 하고 설치했는데, 8개월쯤 지나 본인 거래처 중 우리 매장 매출이 단연 높아 제빙기와 다른 재료들을 서비스로 받게 되었다. 그렇지만 탄산음료 디스펜서를 구하는 일은 쉽지 않았다. 일단 유명 브랜드의 패스트푸드점에만 설치가 가능하고, 여기는 업종도 다르고 신생 매장이라 불가하다고 했다. 나는

의지의 한국인이다. 기존 거래업체의 도움도 받고 사정을 해서 기본 발주금액 유지를 약속하며 기계를 넣었다. 예상하지 못한 변수도 많았고 확인해야 할 부분이 많아도 너무 많았다. 모자라는 금액을 대출받기 위해 여러 곳에 문의했지만 생소한 업종이라 거절당하고 겨우 보증서 대출을 받았다. 해결해야 할 문제들은 끝없이 나타났다. 사업자등록증을 발급받으러 세무서를 가서는 처음 접하는 업종을 본 직원과 내가 서로 황당해하며 일 처리를 한 기억도 있다.

'하, 브랜드를 하나 만들고 남들이 도전하지 않는 일을 한다는 게 이렇게 어려울 줄이야. 한동안 가맹점만 하고 있어서 쉽게 일한 거

여자, 지금 당장 사업하라!

였구나.'

하던 일을 계속하며 안정적으로 살고 싶다는 생각도 들었지만, 나의 브랜드를 만들고 싶다는 생각이 커서 시작하게 된 일이 이렇게 힘들 줄이야. 나도 새로 태어나는 기분이었다. 모모는 나의 셋째 아이다. 여기저기서 다양한 종류로 거절을 당하고 수많은 부정적인 의견을 들으니 중간에 포기하고 싶다는 생각도 들었지만 이제는 포기할 수도 없고, 망할 거라고 얘기한 사람들에게 보란 듯이 내가 본 비전이 틀리지 않았다고 보여주고 싶었다. 용기를 주거나 긍정적인 말을 해주는 사람이 거의 없었다. 영혼 없는 말을 하는 사람들은 그나마 좀 나았다.

"들어도 무슨 말인지 모르겠지만 잘 되겠지!"

다들 걱정이 되니 하는 소리였겠지만 돈 안 드는 말인데 좀 좋게 말해주지. 10원도 투자하지 않았으면서 경영에 대해 이래라저래라 하는 건 좀 아니지 않나? 내 표현력이 부족했는지 사업에 관해 얘기를 듣더니 불륜들이 많이 올 거라고 한다. 룸이니까 술을 팔면 매출이 많이 일어날 거라며 번지수가 달라도 너무 다른 말과 생각들 때문에 숨이 턱턱 막혔다.

"여태 새로운 시도를 해서 잘된 건 인정하는데 이번엔 너무 앞서간 거 같은데? 그게 잘 된다면 여기에 왜 없겠니? 너 빼고 다 바보라서?"

"잘 돼도 문제다. 곳곳에 사업 아이템이 없어서 난린데 잘되는 거 보고 재력가가 크게 차리면 너는 망하게 될걸. 물론 안 돼도 망하지만."

내가 너무 남의 말을 안 듣고 고집을 부리는 걸까? 긍정적이고 기발한 생각을 하시는 선생님과 의논을 했다. 내 고등학교 시절 영어 선생님이자 우리 아들이 다닌 학교 선생님이셔서 인연이 깊다.

"졸업했지만 제자였으니 평생 A/S 해야지. 흐흐."라고 하시며 항상 조언을 해 주시고 도움을 많이 주신다. 이번 일도 함께 걱정하시며 창업 전문 컨설팅 교수님을 소개하셨다. 그 교수님은 이것저것 질문하셨고, 정확한 데이터 없이 감으로 사업을 시작하는 나를 걱정스럽게 바라보셨다. 여러 조언을 해 주셨지만 내가 생각하는 방향과는 전혀 달랐다. 직접 말씀은 못 하시고 우리 선생님께 제자를 말리라고 하셨단다.

이번 일을 진행하면서 많이 느꼈다. 사람들은 아는 만큼 보이고 보는 만큼 안다. 가보지 않은 도시는 없다고 하고, 접하지 못한 동물은 존재하지 않는다고 생각한 옛사람들과 같다. 모임 공간을 6년째 운영하고 있는데 아직도 이런 공간을 모르는 사람들이 많고, 내 명함을 보면 표정들이 한결같고 질문도 한결같지만 상관없다. 앞으로도 내가 원하는 일이라면 누가 뭐라 하더라도 도전할 것이다. 간절함이 열정을 만나 기적을 이루고 행운을 얻었던 것처럼 다음 도전도 반드시 그렇게 될 거니까!

03

사업을 위한 준비

03

3장에서는

사업 준비에 관한 이야기다. 꼼꼼하고 철저한 준비가 성공으로 직결된다. 한 가지 주의할 점은, 이 책에서 말하는 '준비'는 도전을 전제로 한다. 실행을 발목 잡는 변명과 핑계로서의 준비와는 반드시 분간할 수 있었으면 좋겠다.

01

조물주 위에 건물주, 건물주 위에 콘텐추

"요즘은 어떤 업종이 뜨죠? 뭘 해야 할까요?"

항공사 직원처럼 계속 뜨는 게 뭔지 묻고만 다니는 사람들이 있다. 고객들은 입맛이 점점 까다로워지고 새로운 점포가 생길 때마다 소위 신박한 아이템을 찾아 우르르 매장을 옮겨 간다. 고객들을 만족시키지 못하면 계속 생겨나는 매장들에 밀리고, 인건비는 매년 오르지만 직원들을 다루기는 쉽지 않다. 불경기지만 주인은 임대료를 올리고, 매출이 높으면 경쟁자가 생길까 불안하고 낮으면 낮은 대로 걱정이 태산이다. 대기업은 점점 지방까지 내려와 동네 상권을 위협한다. 모든 영역에 뻗어있는 대기업뿐 아니라 주위에 대단한 경쟁자들은 차고 넘친다. "뭐 돈 되는 거 없니?"

"돈 투자하지 않고 일하지 않아도 돈 버는 방법이 있으니 사업설명 들어봐."

라며 솔깃한 얘기를 한다. 오늘도 그런 사람들로 모모가 북적인다. 모모에 처음 일하러 오는 직원들의 공통된 질문이 있다.

"여기는 사장님들의 모임이 정말 많네요? 큰 부스 네 군데가 다 사장님들 모임이에요."

그도 그럴 것이 돈을 투자하지 않고 친구 몇 명만 있으면 대박 난다는 사람들의 모임은 모두 사장님들로 구성되어 있다. 그들의 법칙처럼 서로 사장님이라 부르니 직원들이 보고 신기할밖에. 그뿐 아니다. 유튜브로 돈을 많이 번다고 하니 너도나도 유튜브 장비들의 렌즈를 바라보며 연기를 한다. 책 몇 권 읽었다고 북튜브를 한단다. 인터넷 쇼핑몰이 대세라며 인터넷 쇼핑몰을 대충 만들어서 오픈하기도 한다.

아들이 입대하니 그동안 보이지 않던 군인들이 얼마나 눈에 많이 띄던지. 임산부 눈에는 임산부가 많이 보이듯이 관심이 있는 일에 더 많이 눈길이 간 경험이 있을 것이다. 그렇다. 관심을 가지고 낯선 곳을 여행하며 새로운 환경도 경험해 보라. 우버 택시가 뭔지 전혀 모르는 사람도 있겠지만 우버 택시를 타 본 사람도 있고, 호텔 대신 에어비앤비를 이용해 본 사람도 있다. 생소한 문화를 접하면 딴 세상 사람처럼 나는 몰라도 된다며 관심도 없는 사람들이 있다. 물론 그런 거 몰라도 먹고 사는 데 불편함이 없다. 그렇지만 급변하는 세상에 살고 있는데 나만 깊은 산속에서 내려온 선비처럼 눈 감고 귀막고 산다면 사회생활 하면서 소외당하기 쉽다. 빨라도 너무 빠른 세상의 변화에 발맞추기가 쉽지 않지만 조금만 관심을 가지고 보면 신기하고 재미있는 일이 많다. 사업 아이템이 없다고 하지 말고 새로운 시각으로 틈새시장을 찾아보라.

해마다 불경기라고 하는데 돈을 버는 사람은 돈을 번다. 가만히 생각해 보면, 사업을 하는 상황이 많이 변했는데 변화하는 상황에 적응하지 못하는 건 아닐까? 상황이 많이 변했지만, 아직도 누구나 하는 보편적인 사업을 따라 한다. 같은 업종에서 경쟁자는 넘쳐나고 성공해도 경쟁자가 많으니 밥그릇이 적고 실패한 자리에는 또 다른 경쟁자가 등장한다. 새로운 아이템으로 창업하기가 두렵고, 스스로 관심을 가지고 찾은 구상이 아니니 반신반의한다.

조물주 위에 건물주, 건물주 위에 콘텐추라는 말을 들었다. 내 주변에는 건물을 가지고 있지만, 분양도 임대도 되지 않아 힘들어하는 건물주가 많다. 심지어 식당 폐업 후 오랫동안 임대가 되지 않자 건물주가 어쩔 수 없이 식당 세 곳을 직접 하는 경우도 있었다. 건물의 가치를 살리기 위해 건물주는 콘텐츠를 소유한 콘텐추가 필요하다. 물론 콘텐츠만 있다고 다 성공하는 것은 아니지만 같은 사업이라도 자신만의 특별한 장점이 있어야 한다. 블루오션을 찾고 틈새시장을 찾아야 하지만 말처럼 쉽지 않다. 적어도 우리 매장에 올 수밖에 없는 이유를 만들어야 한다. 고깃집이라고 다 같은 고깃집이 아니다. 새로운 콘텐츠를 찾아다니는 소비자들에게 낙점될 수 있도록 우리 매장만의 콘셉트를 탑재하자.

사업의 종류에 따라, 일부 특정한 사람들에 맞춰 사업하는 경우와 보편적인 사람을 대상으로 하는 경우가 있다. 어떤 것이 더 좋다고 할 수 없지만, 업종의 대상을 잘 파악해서 사업을 해야 한다. 필수적으로 배워야 한다는 영어, 수학 교과가 아닌 레고를 다루는 사업은 아이들에게 창의력을 키워 주고 싶어 하는 학부모들이 대상이었다. 다행히 오픈 초기에 소위 의사 패밀리 회원들이 앞다투어 찾아왔다. 서로 경쟁을 하듯 교구를 사고 그룹을 모아서 특별수업도 원했다. 그렇게 입소문이 나면서 우리 센터는 유명해졌고, 특별수업을 받기 위해 대기하는 회원들도 많았다. 모모 모임 공간은 공부를 하거나 회의, 세미나, 각종 모임 등을 위해 공간이 필요한 사람들이 일부러 찾아오는 곳이다. 특이한 장소를 이용해 본 친절한 블로거들 덕분에 광고가 저절로 되었다. 경험상 고객의 필요에 의해 찾아오는 사업은 쉽게 망하지 않는다. 또한, 사업이 잘된다고 해서 안주하면 안 된다. 새로운 아이템에 목말라 있는 창업자들이 조금이라도 잘 된다 싶은

아이템에 눈독을 들이고 있기 때문이다. 성공하는 사업은 모방하는 사람들이 많다. 후발 주자가 나보다 더 성공할 수 있고, 경쟁자가 되면서 힘들게 할 수도 있다. 그렇지만 누가 모방하더라도 고객이 나의 사업장을 찾을 수밖에 없는 콘텐츠를 만들어야 한다. 성공하기도 어렵지만, 성공을 지속시키기도 쉽지 않다.

새로움(New)과 복고(Retro)를 합친 신조어, '뉴트로' 열풍으로 필름카메라가 다시 인기다. 성행하고 있는 LP 카페에서는 요즘 젊은 이들이 본 적도 들은 적도 없는 경험을 하면서 열광한다. 몇 해 전부터 계속 공유경제를 얘기한다. 배우 공유만 좋아하지 말고 책을 좀 읽어라. 연말이면 많은 종류의 트렌드 책들이 서점에 쏟아진다. 소비를 이끄는 세대들의 특징을 살펴본 책들도 많다. 점점 종류도 많아지고 세분화되어 입맛에 맞게 읽어볼 수 있다. 사업을 하려면 시대의 흐름을 읽어야 된다. 하루 종일 열심히 일만 한다고 성공하는 시대는 지나갔다. 트렌드가 어떻게 변해 가는지 전혀 눈치를 채지 못하면 망하는 지름길이다. 세상이 어떻게 변하고 있는지 관심을 가지고 내 사업에 무엇이 필요한지, 접목시킬 것은 무엇인지 고민해야 한다. 고민하고 해야 할 일이 있다면 될 때까지 집요하게 해야 한다. 사람들은 변화를 원하고 꿈꾸지만 불안한 마음에 현재의 생활에 계속 안주하려 한다. 다른 사람이 새로운 시도를 하고 변화하면 대단하다고 동경하지만 정작 본인은 스스로 해보고자 하지 않는다.

뜨는 사업, 성공한 사업가의 성공 비결을 물어보러 다니기 전에 먼저 공부하고 생각해 보자. 사실 크게 성공한 사업가의 말을 들어보면 대단한 비결이 없다고 한다. 특별한 비결이 있다면 그대로 따라 해서 모두 성공할 텐데. 대부분 여러 번 실패하고 그 실패한 경험을 바탕으로 마지막 한 번의 성공을 만들었다고 한다. 실패를 거듭했다는 건 그만큼 성공의 문 앞에 다다랐다는 것을 의미한다. 수많은 실패를 거치고 전구를 만든 발명왕 에디슨이 기자에게 한 말처럼.

"난 한 번도 실패한 적이 없다. 단지 2천 번의 단계를 거쳐 전구를 발명했을 뿐이다."

02

저 언제 대박 나요?

"박 대표, 구미에 유명한 점집이 있는데 같이 갈래?"

"아니, 그 멀리까지 뭐 하러 가요? 그리고 저 궁금한 것도 없어요."

"사업하는 사람은 철학관에 꼭 가야 하는데 모르나? 대기업 총수들도 가고, 심지어 관상을 보며 신입사원을 뽑는다잖아."

"호호. 저는 대기업도 아니고 갈 시간도 없어요."

"박 원장, 내가 이 근처에 과거, 현재, 미래를 기가 막히게 잘 맞추는 집을 아는데 같이 갈래? 가까우니 금방 갔다 오면 되는데 워낙 유명해서 예약되려나 몰라."

"죄송한데 저는 안 볼래요. 혼자 다녀오세요."

"언니, 용한 도사님이 있는데 같이 가볼래? 신 내린 지가 얼마 안 돼서 엄청 잘 맞춘다는데……."

주변에서 이런 대화는 수시로 오고 간다. 마치 점집에서 홍보이사들을 두기나 한 것처럼 각자 점집을 잘 홍보한다. 역시 우리나라 사람들은 이타적이야. 누가 인터넷에 뭔가를 물어보면 블로거들이 친절하고 상세히 알려준다. 사진까지 찍어서 알아보기 쉽게. 점집 또한 다녀온 후 주변에 홍보를 많이 해 준다. 깊은 감명을 받았나 보다. 경기가 어려울수록 점집들은 성업 중이다. 최근에는 타로점도 열풍을 일으켜 곳곳에 타로 카페가 있으며, 모모 모임 공간에도 타로 교육을 하는 모임이 많다.

몇 년 전 백화점 문화센터에서 6주 과정 타로 수업을 수강한 적이 있다. 일주일에 한 번 진행되었는데, 내가 문화센터에 출강하던 날 수업을 마치자마자 바로 옆 강의실에서 진행하니 시간도 맞고 내용도 흥미로웠다. 그러나 개인 사정으로 한 주는 수업을 참석 못 해 결석한 날 배운 카드는 해석할 수 없었다. 타로를 조금씩 해석할 수 있게 되자 신기하고 흥미로워서 주변인들에게 실습을 해보고 싶었다. 우선 가족들이 실습대상이 되었고 학원의 선생님들이 다음 표적이었다. 젊은 선생님들은 신이 나서 옹기종기 모여 타로 카드를 뽑았

으나 내가 결석해서 배우지 못한 카드를 뽑게 되면

"아이, 내가 안 배워서 모르니 다른 카드를 새로 뽑아봐"

라며 내가 아는 카드가 나올 때까지 뽑게 했다. 이 무슨 말도 안
되는 상황인가? 그렇지만 성격 좋은 우리 선생님들은 시키는 대로
했고 내가 카드를 해석하니

"어머머, 딱 맞네. 신기하다. 원장님, 다른 것도 더 봐 주세요."

선생님들 상황을 어느 정도 알고 있었기에 그에 맞는 말을 하고,
카드 그림을 보면서 긍정적인 해석을 했더니 다 맞다 하는 거다. 이
럴 수가.

한때는 나도 점집을 다니고 신년운세 특강이 있는 곳을 찾아다닌
적이 있었다. 백화점 신년 이벤트로 진행한 역학 특강을 지인과 같
이 간 적이 있다. 지인이 역학 선생님께 집요하게 물어본 한마디는
아직도 잊히지 않는다.

"선생님, 저는 인생 한방이 언제예요?"

"그런 거 없어요."

"네? 저에게 인생 한방이 없다고요? 다시 한번 봐 주세요. 진짜 인생
한방이 없어요? 아, 그러면 안 되는데……."

몇 년이 흐른 지금도 그 사람은 인생 한방을 기다리고 있다. 삶이
너무 힘들다며 온갖 푸념을 늘어놓으면서. 그 지인뿐 아니라 사람들

은 인생 한방을 너무 좋아하는 거 같다. 길지 않지만 짧지도 않은 삶을 살아보니 인생 한방은 없다는 걸 알게 되었다. 아주 성공한 사람들의 성공을 보면 인생 한방인 거 같지만 내막을 알아보면 자신의 신념을 가지고 열심히 달려온 결과물이다. 입 벌리고 감나무에서 감떨어지기만을 기다리며 허송세월하고 있으면 오히려 떨어진 감 때문에 한 방에 훅 갈 수 있다.

사람들은 불안하면 점집을 찾아간다. 살면서 모든 일이 어찌 순탄하기만 하겠는가? 여름은 물 조심, 겨울은 불조심해야 하고, 사람 때문에 힘들어진다고 하는데 우리 인생사 모두가 사람 때문에 상처 주고 상처받는 거 아닌가? 퇴직할 나이가 되면 직장 변동이나 사업을 하는 등의 큰 변화가 온다고 하고, 자녀가 입시를 앞둔 나이쯤 되면 자녀 문제로 골치 아플 거라 한다. 아니면 배우자의 외도로 속상할 거라는 등 우리 인생사에 누구나 겪을 수 있고 일어날 수 있는 일들을 이야기한다.

"보통 과거의 일은 잘 맞추지만, 미래는 잘 못 맞추는데 그 집은 미래를 맞췄어요. 정말 용해요. 아이에게 나쁜 일이 생긴다고 했는데 정말 우리 아이가 다리를 다쳤어요."

라며 지인이 호들갑을 떤다. 살면서 나쁜 일은 언제든지 생길 수 있다. 걷다가 부주의해서 다리를 삐걱할 수도, 계단에서 넘어질 수도, 더 나쁜 일도 있을 수 있다. 그런데 그 타이밍이 점집에서 말해준 미래의 시간과 맞은 거라고 생각한다. 곧 사기를 당할 수 있으니 부적을 써라, 굿을 하라고 한다. 그러면 불안한 마음에 부적을 쓰거나 굿을 한다. 그래서 아무 일이 일어나지 않았다면 그 덕택이라고 생각한다. 실제로 우리 집에서 사기꾼을 잡겠다며 굿을 한 적이 있다. 내가 중학생 때로 기억하는데 없는 살림에 거금을 들여서 했지만, 사기꾼은 잡지 못하고 돈만 날렸다. 사기꾼들은 곳곳에 도사리고 있다. 사기를 치려는 사람은 치밀하게 계획하고, 우리는 불로소득에 관심이 많다. 이런 조합이 만나면 언제든 사기가 일어날 확률이 높다.

오래전 기분 좋게 점집을 나온 적이 있다.

"당신은 남이 시키는 대로 하지 않을 사람이니 하고 싶은 대로 하고 살아도 됩니다. 앞으로 계속 좋은 일만 있을 거고 원하는 삶을 살 겁니다."

긍정적인 얘기를 잔뜩 듣고 나오는 길에 결심했다.

'다른 곳으로 가서 나쁜 말 듣게 될 수도 있으니 다시는 점집은 안 가야지.'

물론 지인들 꾐에 빠져 이후에도 점집을 간 적은 있지만, 좋은 얘기를 들으면 기분 좋고 나쁜 얘기를 들으면 조심해서 나쁠 건 없으니까 하며 조심하는 정도다.

미래는 누구도 알 수 없는 불확실한 것이다.

'아, 내가 그때 왜 그랬을까?'

'그때로 돌아간다면 그렇게 안 하고 잘할 자신이 있는데……'

'다음 주 있을 면접 때문에 잠이 안 온다.'

'장사를 시작했는데 손님이 하나도 없으면 어떡하지?'

모든 사람은 완벽하지 않다. 당연한 말인데, 불완전한 내가 싫고 나만 불완전하다고 생각한다. 삶이 불확실하다는 것은 무능하거나 실패한 것이 아니다.

인생을 살다 보면 꼬불꼬불 험한 길도 많고 갈림길도 많다. 퇴사할까? 창업할까? 이혼할까? 대학을 갈까? 그냥 취업할까? 등의 큰 갈림길이 있을 수 있고, 오늘 점심 메뉴는 뭐로 하지? 저녁 약속에 뭘 입고가지? 친구 생일인데 선물은 무엇으로 할까? 등 작은 갈림길에 서기도 한다. 우리는 매 순간 선택의 갈림길에 서 있다. 크든 작든 어떤 결정에도 100% 만족이 없다. 가지 않은 길이 더 좋아 보이고, 가지지 못한 떡이 더 커 보이니까. 결정에 대한 책임을 본인이 지지 않고 남에게 슬쩍 떠안기고 싶어 한다. 자신의 판단에 확신하지 못하고 나쁜 결과에 대한 아픔을 혼자 감수하고 싶지 않으니까 사회 탓, 나에게 조언해준 누군가의 탓을 하고 싶은 거다. 종교인도 미래학자도 점술가도 어느 쪽이 더 옳은 결정인지 알 수 없다. 옳은 결정도 틀린 결정도 없다. 다만 옳은 결정이 되도록 하는 실행만이 있을 뿐이다.

03

온 우주가 도와줄 거예요

"어휴 내가 못 살아. 이번에도 실패야."

　　　　　몇 년째 사업에 대한 구상과 고민으로 시간을
보내고 있는 지인을 만났는데, 얼굴을 보자마자 대뜸 이렇게 이야기
한다. 사업구상과 분석을 해서 친정 부모님께 경제적인 도움을 청하
러 가지만 매번 설득에 실패했다. 불경기에 사업을 시작하는 것이
걱정되고 못 미더우신 것이다. 가족들의 반대로 의기소침해져 포기
하다가 다시 힘을 내서 친척들에게 의논하러 가지만, 반대를 위한
핑계로 친척은 사업 계획서를 만들어 오라하고 사업에 대해 부정적
인 얘기들만 잔뜩 늘어놓아 이번에도 실패한 것이다. 자신은 이렇게
간절한데 왜 우주가 돕지 않냐고 되묻는다. 뛰어난 스펙을 가지고
있고, 하고 싶어 하는 일이 있지만 사업에 한 번 실패한 남편의 반대

와 본인의 자신감 부족으로 계속 난관을 뚫지 못하는 듯해 안타깝다.

물론 주변의 고견도 들어야 하고 돌다리도 두들겨 보아야 하지만 사업을 시작할 때 가장 중요한 것은 본인의 의지와 열정이라고 생각한다. 본인의 생각이 확고하고 신념만 있다면 경제적 여유가 있는 부모님과 친척들을 설득하고 도움을 청하는 일은 그리 어렵지 않을 것이다. 경제적인 여건이 되지 않는다고 해도 하고자 하는 의지와 열정이 있다면 다른 방법들이 반드시 있다.

처음 모모 모임 공간을 시작하려고 할 때가 생각난다. 내가 새로운 사업을 할 때마다 매번 경험한 일이지만, 이번에도 예외 없이 주변의 많은 지인들이 걱정하며 사업 아이템을 반대했다. 이 사업을 시작하면 반드시 망할 것이며, 왜 망하는지 구체적인 사례들을 들면서 반대하는 사람도 있었다. 확실한 사업 계획서도 없이 시작하는 나를 한심하게 보기도 했다. 그렇지만 사업에 대한 나의 신념이 확고했기 때문에 준비할 때도, 시작해서 매출이 없을 때도 크게 흔들리지 않았고 쉬는 날이 없이 매일 14시간씩 일해도 많이 힘들지 않았다. 이번 도전이 지방에서는 시기상조로 실패했다 하더라도 후회하지는 않았을 것이다. 그만큼 최선을 다해 임했다. 만약 실패한다면 한 살이라도 젊을 때 실패하고, 실패에서 오는 교훈이 반드시 있으리라 생각했다.

지금까지 살아오면서 깨달은 것이 있다면, 삶에 있어서 어떠한 경험도 버릴 것이 없다는 점이다. 성공을 통해 더 자신감을 가지고, 실패를 통해 배우고 반성하면서 한 단계 더 성장할 수 있다. 단, 실패로 너무 오래 주저앉아 자신을 힘들게 하고 세상을 비난만 한다면 성장도 없을 것이다. 물론 실패한 사람에게 힘내서 다시 도전하라고 얘기하는 것만큼 의미 없는 위로는 없다. 어설픈 위로가 직접 실패를 경험한 당사자에게는 오히려 더 큰 슬픔과 분노로 느껴질 수 있다. 냉혹하지만 본인이 스스로 깊은 절망에서 벗어나고 극복해야 한다. 나의 경우는 그랬다. 어려운 고비가 있을 때 다른 사람의 위로가 힘이 되기도 하지만 결국 본인이 절실하게 느끼고 배우는 점이 있어야 다시 일어나고 에너지를 충전할 수 있다.

본인만의 에너지 충전 방법이 있으면 평소에도 도움이 된다. 나는 스트레스를 받거나 힘들 때, 차들의 통행이 드문 도로에서 드라이브를 즐겼다. 그러나 내가 다니던 도로에 차량통행이 잦아지면서 이 방법은 그만두고, 한적한 곳에 주차하고 차 안에서 음악을 크게 듣거나 노래를 따라 부르기도 하고 울기도 한다. 걸으면서 생각하거나 산을 오르며 땀을 내는 방법 등 본인이 좋아하는 형태로 에너지를 충전하는 방법을 가져보길 바란다.

여자, 지금 당장 사업하라!

사업을 시작하려는 사람은 누구나 성공과 실패에 대한 희망과 두려운 마음을 가지고 있을 것이다. 폐업하는 수많은 실패자 무리에 자신이 속하지 않을 것이라는 막연한 성공의 기대와 혹시 실패한다면 절대 일어설 수 없을 거라는 실패에 대한 두려움으로 많은 고민을 할 것이다. 나 또한 그랬다. 그렇지만 시작을 하지 않으면 성공도 실패도 없다. 일단 시작하면 단 몇 %라도 성공 가능성이 있지만, 시작하지 않으면 성공 가능성이 0%다. 철저한 사업 분석과 치밀한 계획도 좋지만, 사업은 본인이 구상한 사업 계획서대로 쉽게 되지 않는다. 나는 실제 사업 경험이 없이 이론만으로 사업 분석을 하고 컨설팅을 하는 지식인들을 믿지 않는다. 책에 나와 있는 대로 사업이 되는 거라면 사업에 실패할 사람이 아무도 없을 것이다.

혹자들은 불경기라서 지금 사업을 시작하면 안 된단다. 그럼 언제 해야 하는 건가? 그렇게 말하는 사람들은 그 시기를 아는 걸까? 우리나라에서 언제 불경기가 아닌 적이 있었는가? 새로운 일에 도전을 못 하는 사람들은 앞으로도 계속 불경기라고 걱정하며 핑계를 대고 자신을 합리화할 것이다. 남의 말에 귀 기울이지 말고 자기 내면의 말에 귀를 기울이고 자기 자신을 믿어라. 자신에 대한 믿음이 없다면, 무슨 일도 할 수 없고 남의 얘기만 듣고 우왕좌왕하며 일희일비한다. 자기 일인데 스스로 결정하지 못하고 남의 의견만 듣고 다니게 된다.

현대 사회는 급변하고 있고 누구도 예측할 수 없다. 이런 시대 상황에 사업을 위한 완벽한 계획이 가능할까? 완벽한 사업 계획서를 만들고 구상하고 분석하는 동안 사업의 흐름은 또 다른 방향으로 흐른다. 철저한 계획을 했다 하더라도 계획대로 되지 않고, 아쉬운 점과 생각지도 못한 문제들이 생긴다. 물론 실패할 수도 있다. 그렇지만 실패를 통해 새로운 경험과 문제들을 배우고 스스로 많이 성장한다는 점과 인생에서 실패가 결코 마이너스만 의미하는 것이 아니라는 점은 사업을 시작해보고 성공한 사람이라면 분명 알 것이다.

성공하고 싶다면 간절히 하고 싶은 일에 열정을 가지고 시작해라. 다시 한번 말하지만, 도전하지 않으면 성공도 없다. 대신 사업에 대한 막연한 동경과 어중간한 의지로 시작하면 정신적, 육체적, 경제적으로 큰 어려움을 겪게 될 것이 자명하다. 그러니 간절히 원하는 일에 도전하고, 처음 가졌던 열정으로 최선을 다해 즐겁게 일한다면 반드시 성공할 수 있다.

학창시절 시험계획 짜듯이 알록달록한 색깔과 다양한 굵기의 필기구로 계획을 세우지는 않겠지만, 책상에 앉아서 매일 계획만 세우지 말고 성공한 사업장에 가서 스스로 체험해보고 공부해 가면서 실질적인 준비를 하길 바란다.

인디언들의 기우제가 100% 성공하는 이유는 비가 내릴 때까지 기우제를 지내기 때문이라고 한다. 하루아침에 뚝딱 이루어지는 일은 없다. 비가 올 때까지 포기하지 말고 끝까지 도전한다면 우리 인생의 단비를 맛보게 될 것이다.

04

병아리 CEO를 위하여

　　사업을 하겠다고 마음먹은 사람은 이미 반은 해냈다. 사업은 아무나 못 한다. 본인의 열정은 기본이고 죽을 각오로 열심히 하지 않으면 살아남기 힘든 전쟁터다. 수많은 업종이 서로 살아남기 위해, 투자한 돈을 회수하고 수익을 내기 위해 몸부림치고 있다. 사업을 하면 무조건 돈을 많이 벌고 사장 소리 쉽게 듣는 것 같아도 매일매일 일어나는 수많은 변수로 머리를 쥐어짜고 있다. 큰마음 먹지 않으면 휴가를 떠날 수도 없다. 휴가를 떠난다 해도 1년 365일 몸과 마음이 모두 사업장에 가 있다. 몸도 힘들지만 이러다가 망하는 거 아닌가 하는 걱정에 밤잠을 이루지 못한다. 최대한 대출해서 사업을 시작했지만, 뜻대로 되지 않을 수도 있다. 매월 내야 하는 공과금과 임대료는 어찌나 빨리 다가오는지.

여자, 지금 당장 사업하라!

취업이 어려워 창업을 하겠다는 청년들이 있다.

"취업이 안 되면 그냥 창업하지 뭐~."

물론 큰 꿈을 가지고 청년들이 창업하는 것을 반대하지는 않는다. 하지만 왜 창업하고 싶은지, 본인이 목표로 하는 일이 무엇인지 스스로 묻고 답해보는 시간을 먼저 가져야 한다. 어떻게 하면 성공할 수 있을지, 어떻게 하면 실패하지 않을지 생각하고 분석해 보아야 한다. 그리고 그 일이 진정으로 원하는 일인지 다시 한번 더 생각해 보라. 그런 다음 창업을 해도 늦지 않다. 그래도 실패할 가능성이 큰 게 사업이다. 급하게 덤비지 마라. 용기와 결심도 중요하지만, 준비가 철저히 되어야 한다. 실패해도 좋다는 각오가 없다면 절대 시작하지 마라. 핑크빛 꿈 따위는 없다. 여기는 사업장 체험을 하러 오는 삶의 체험현장이 아니다.

직장에서 나오고 싶은가? 그렇다면 직장에서 자기 일처럼 성심껏 일한 적이 있는가? 그렇지 못한 사람은 미안하지만 나와서 사업을 해도 크게 만족하지 못한다. 직장인들은 사장처럼 자유롭게 시간을 쓰고, 자기만의 일을 해보고 싶다고 한다. 내가 받는 안정된 급여는 포기하지 못하면서 자유 시간을 갖지 못한다고 칭얼대는 직장인 중 위험을 감수하고 사업을 할 사람이 몇이나 될까? 원래 남의 떡이 커 보인다. 사업하는 사람은 직장 다니는 사람이 부러울 때가 있다.

직장인의 고정수입과 보너스가 부럽다. 사업은 돈을 많이 벌 수도 있지만, 적자를 볼 수도 있기에 일정 금액이 보장되지 않는다. 어느 때는 '직원들 급여를 맞춰 주려고 내가 사업을 했나?' 라고 생각할 때가 있다. 급여를 겨우 맞추고 나면 본인의 수익은 하나도 없을 때도 있다. 이 글을 읽는 사업자 중에는 직원 급여를 못 맞춰서 어려움을 겪고 있는 사람도 분명 있을 것이다.

사장은 외로운 직업이다. 모든 것을 혼자 해결해야 하고 책임져야 한다. 폼 잡으려고 사장하겠다는 마음이라면 아예 시작하지 말고 포기해라. 아르바이트생들이 받는 최저시급도 못 벌 수 있다. 투자한 돈을 홀랑 날릴 수도 있다. 사업을 하겠다는 사람들 얘기를 들어보면

"돈이 되는 것 같아서."

"누가 하는데 쉬워 보이더라."

사업을 시작하면 모두 떼돈을 버는 줄 안다. 한탕주의나 대박을 꿈꾸며 삼삼오오 모여서 궁리하는 사람들은 사업의 참맛을 모르는 사람들이다. 대박을 꿈꾸고 한 방을 원한다면 한 방에 갈 수 있다는 것도 모르고. 제발 영화나 텔레비전 드라마에서 벗어나서 현실로 돌아와라. 우리 주변에는 재벌 2세나 벤처 사업가가 드물다. 그들과 함께 사업하거나 경쟁할 만큼 실력이 출중하지 않아 대박을 터트릴 가능성은 적다.

경기가 안 좋지만 과감하게 사업을 시작하려는 사람들은 이제 뛰고자 하는 방향을 잘 정해서 전력 질주해 보자. 위험한 일일 수도 있지만 피하지 않고 맞서다 보면 좋은 결과가 분명히 있다.

스티븐 코비가 말했다. '인간의 가장 큰 위험은 위험이 없는 삶'이라고. 영화처럼 멋지게 사표 던지고 창업하자마자 승승장구하는 경우는 드물다. 그렇다고 너무 겁내지는 말자. 그도 했고 그녀도 했다면 당신도 할 수 있다. 죽을 때 괜찮은 인생 여행이었다고 생각되도록 내가 좋아하는 일에 최선을 다해보자.

사업 초기에는 사장이 모든 일을 해야 한다. 사업장에서 벌어지는 일들을 알아야 하고 공부해야 한다. 그렇지만 어느 정도 자리를 잡으면 더 나은 발전을 위해 시간을 써야 한다. 규모가 커지면 알아야 할 지식이 너무 많고 복잡해진다. 각 분야에서 오랜 시간 지식을 쌓은 전문가에게 위임할 수 있는 일은 위임하고 사장이 해야 할 일에 전념하는 것도 필요하다. 자리가 사람을 만든다고 한다. 역할에 따라 거기에 맞는 문제의식을 느끼기 때문이다. 사장이면 사장의 자리에서 주어진 문제를 생각하고 해결할 방법을 궁리해야 한다.

경영악화로 폐업하는 경우도 많으므로 사업 아이템 선정을 잘해야 한다. 일시적인 유행 아이템인지, 지속적으로 수익이 창출되는 유망 아이템인지 구분해야 한다. 일시적으로 유행하는 아이템이라면 경쟁자가 많아 실패할 확률이 높다. 유망한 아이템이라 하더라도 본인의 적성과 경험, 자본, 입지에 따라 성패가 달라질 수 있다. 남들에게 좋은 사업이라고 해서 나에게도 좋은 사업이 될 수는 없다. 내가 고객이 되어 다니면서 편리하다고 느끼고 원하는 것들은 다 사업 아이템이다. 그리고 내가 불편해서 개선하고 싶은 일 또한 모두 사업 아이템이다. 즉 내가 평소에 생각했던 불만 사항, 불편 사항, 원하는 것은 모두 사업 거리가 된다.

당연한 얘기겠지만 경쟁업체와 차별화된 우리 사업장만의 강점이 있어야 한다. 성공한 사업체를 벤치마킹하는 것도 도움이 된다. 단순히 따라 하기만 할 것이 아니라 나에게 맞는 콘셉트로 재창조해야 한다. 나 혼자만 잘하는 것이 능사가 아니다. 경쟁업체도 파악해봐야 한다. 한정된 시장에서 경쟁업체가 어떤 강점을 가졌는지 알아보지도 않고 대응할 노력도 하지 않는다면 나의 고객은 경쟁업체로 빠져나갈 것이다.

직장을 다니다가 창업을 하는 경우는 이전에 했던 일을 바탕으로 사업을 시작하는 것이 유리하다. 지인 중 한 명은 퇴직 후 이전 사업장에서 다루던 제품을 만드는 제조업을 시작했는데, 점점 성장하여 이제는 탄탄대로를 달리고 있다. 본인이 할 사업과 관련한 곳에서 실제로 일을 해 보면 도움이 된다. 예를 들면, 카페를 오픈하기 전에 기존 카페 아르바이트를 해 본 사람은 경험을 쌓았으니 실패할 확률이 좀 낮을 것이다. 기존 카페가 작아도 괜찮다. 오히려 카페의 모든 일을 파악할 수 있는 장점이 있다.

사업을 하다가 적자가 계속되고 있다면, 원인을 분석해 보고 재기할 수 있으면 한 번 더 힘을 내서 전념해 보는데, 그렇지 않다면 과감하게 정리하는 것이 옳을 수도 있다. 적자는 점점 늘어나는데 투자한 돈이 아깝고 임대 기간도 남았다면, 이러지도 저러지도 못하는 상황에서 대책도 없이 계속 사업을 한다. 그렇지만 냉정하게 판단하지 못하면, 인생도 사업체도 망가질 가능성이 높다. 일상생활이 피폐해지고 부정적인 생각이 자꾸 든다. 마음이 떠나 있으니 일하기도 싫고 표정도 밝지 않다. 직원과도 불편하고 고객에게도 친절하지 않다. 악순환이 계속되는 것이다. 그렇게 된다면 빨리 정리하는 것이 옳다. 문제가 있으면 빨리 재검토해야 한다. 또한 주변 가게가 모두 장사가 안되니 내 가게도 장사가 안되는 것이라고 안심하고 위로하면 안 된다.

'경기 때문에 그런 거야. 우리만 안되는 게 아니야!'

라고 스스로 위로하며 안주하는 것은 위험하다.

계곡물 소리가 너무 좋다며 친구가 같이 등산을 하자고 한다. 몸

상태가 안 좋아서 썩 내키지는 않았지만, 등산 후의 느낌을 아니까 편안한 옷을 입고 맑은 공기를 마시러 나섰다. 친구는 자주 다니는 산이라며 익숙하게 성큼성큼 올라가서 나와 거리가 멀어졌다. 기왕 뒤처진 길에 나는 새로 만들어진 쉼터도 보고 계곡물에 떠내려가는 나뭇잎도 보면서 쉬엄쉬엄 올라갔다. 그러자 친구는

"머리를 처박고 걸어오면 힘들 텐데……. 빨리 와서 저기 하늘도 보고 저쪽 산도 좀 봐봐."

라며 천천히 올라가는 나를 재촉했다. 산에 올라가면서 생각했다. 천천히 올라가면 높은 곳의 멋진 풍광을 빨리 보기는 힘들지만, 빨리 올라가면 발아래를 보지 못해 돌부리에 걸려 넘어질 수도 있다. 우리의 사업도 마찬가지라 생각한다. 가까운 곳만 보는 사람은 멀리 내다보지 못하고, 먼 곳만 쳐다보면 지금의 위기를 눈치채지 못한다. 쉽지는 않겠지만, 사장이라면 두 가지를 모두 볼 수 있는 눈이 있어야 하지 않을까?

여자, 지금 당장 사업하라!

05

유리천장을 깨고 나온 여성 CEO

불경기, 매년 오르는 인건비, 심한 제재, 높은 세금 등으로 사업하기가 힘들다고 하지만 성공하는 사람은 성공한다. 남이 하는 일을 똑같이 하려니 성공하기 힘들다. 예전에 비해 요즘은 창업에 대한 정보가 넘쳐나고 교육해 주는 곳도 많다. 그렇지만 아직 창업에 대한 두려움이 큰 것은 사실이다. 특히 여자들은

"이 나이에 내가 뭘 하겠어."

"배운 것도 없는데."

"소심하고, 인맥이 넓지 않은데."

이래저래 걱정이 많다. 그렇지만 창업을 하려고 마음먹었다면 자신감을 가지고 시작해라. 긍정의 씨앗을 심어야 긍정의 열매를 거둘 수 있다. 사업은 보람 있는 일이다. 모든 일이 그렇겠지만 자신과의

싸움에서 이기고 끊임없이 노력하다 보면 자기 성장도 하고 사업체도 성장한다. 그러다 보면 사회에 좋은 영향력을 미치는 사업체로 성장해있다.

.

다른 지역에서 모모와 같은 사업을 하고 싶다며 누군가가 찾아왔다. 무슨 사업을 할지 1년 동안 다양한 일을 알아봤다고 한다.

"1년 동안 찾았는데 할 게 없었어요?"

"아니요. 하는 일마다 망해서 시작하기가 겁이 나서요."

"그럼, 아직 젊으니 직장을 알아보시죠?"

"사업했던 사람이 어찌 남 밑에서 일하겠어요? 나이도 있고."

"……"

뭐라 할 말이 없다. 나보다 열 살은 어리던데 벌써 삶을 포기한 사람처럼 한숨을 내리 쉬면서 모모 공간을 탁하게 하고 있다. 물론 창업의 두려움은 이해하지만, 너무 부정적이었다. 시작하기도 전부터 망할 것 같다고 걱정을 한다. 망하려고 아예 고사를 지내는 것 같다. 반드시 된다고 생각해도 실패할 확률이 높은 판국에 비극의 시나리오를 미리 짜왔다. 처음부터 끝까지 예전에 망한 이야기와 연관 지으며 또 망할 것 같다고 말한다.

"사실 제가 몇 년 전에 모모 같은 걸 하려고 알아봤거든요. 그런데 아무리 알아봐도 물어볼 데도 없고 답이 없던데 대표님은 어떻게 했어요?

그것도 여잔데."

사업을 하는데 여자, 남자가 굳이 필요한가? 예전에는 그랬다. 여자 사업가를 보는 시선이 부정적이었다. 그렇지만 지금은 시대가 많이 변했다. 직장을 다니거나 사업을 하는 여자 대신 전업주부를 선택해서 사는 남자들이 늘어나는 추세다. 주부 아빠의 일상을 다룬 유튜브도 인기다. 여자라서 못하고 남자라서 못하는 것이 아니고 간절히 원하지 않았던 건 아닌지. 간절히 원하고 답을 찾으면 길이 보인다. 왜 끝까지 도전하지 않고 중간에 포기하는지 모르겠다.

우리나라 여성의 경제활동 참가율과 여성 경영자의 비율이 매년 증가하고 있지만, 직장을 다니거나 사업하는 여성들은 자녀와 시간을 많이 보내지 못해 죄책감을 느끼기도 한다. 그런데 시간도 양보다 질이 더 중요하지 않을까? 아이와 온종일 집에 있어도 옆에서 스마트폰을 하거나 텔레비전을 보거나 친구와 전화로 수다만 떨면 아이와 제대로 시간을 보냈다고 할 수 있을까? 아이와 한 시간을 같이 있더라도, 그 시간만큼은 온전히 아이에게 집중하는 게 더 낫다.

어떤 일이든 옳고 그른 것은 없다. 전업주부로 아이를 잘 키우는 게 옳을 수도 있고, 현장에 나가 일을 하면서 경제에 보탬을 주는 것이 옳을 수도 있다.

"아우, 더러워. 쥐꼬리만큼 생활비 주면서 아껴 쓰라 하고 가끔 가계부

검열까지 해."

"고생하다가 돈이 좀 생기니까 우리 신랑은 혼자 신났어. 공치러 멀리 다니고."

"우리 남편은 사업은 하지만 계속 적자라서 내가 창업해서 돈을 벌어야겠어."

"남편의 사업이 망해서 제가 당장 일하러 가야 하는데 일자리는 없고 특별한 기술도 없어요. 그래서 사업을 할까 하는데 자본이 없어서 어째야 할지."

사업을 하려는 이유는 각양각색이다. 그 생각을 행동으로 옮기는 사람이 있는가 하면 계속 꿈만 꾸는 사람도 있다.

전업주부로 있다가 직장을 가려고 했는데 받아주는 곳이 없어서 '나도 이참에 창업이나 하자'라는 생각을 하기도 한다. 사업은 그렇게 시작하면 안 된다. 이게 안 되니까 저거 하고, 여유자금 있으니까 시작해본다는 막연한 생각으로 해서도 안 된다. 하고 싶은 일이 무엇인지, 어떤 업종을 해야 할지 연구도 하지 않고 남들이 하는 프랜차이즈로 다 뛰어든다. 내가 할 줄 아는 게 없고 직접 알아본 게 없으니 프랜차이즈를 시작한다. 그런 이유로 나도 프랜차이즈 창업을 한 적이 있다.

내가 할 수 있는 일과 하고 싶은 일은 별개다. 요리에 관심이 없지만 음식 장사가 최고라고 하니까 식당을 한다. 닭 튀기는 냄새를 역겨워하는 사람이 그래도 무난한 게 닭이라고 통닭집을 한다. 프랜차이즈라고 해서 무조건 안정적이지는 않다. 같은 프랜차이즈를 하더라도 사장에 따라 실패하기도 한다. 처음 창업을 하게 되면 위험부담을 줄이고자 프랜차이즈를 많이 하게 된다. 물론 프랜차이즈를 하면 경영 교육이나 영업 교육 등 많은 노하우를 전수받는다. 그렇지만 가맹비나 교육비 등에 대한 대가를 치러야 하고 자율성이 없는 경우가 많다. 사기성 프랜차이즈 모집에도 주의해야 한다. 밖으로 드러난 화려한 모습만 보고 부실한 가맹본부와 계약하지 않도록 잘 살펴봐야 한다.

또한 사업을 하면서, 돈을 못 버는 경우보다 돈을 아끼지 못해서 망하는 경우가 가끔 있다. 아무리 매출이 많아도 흥청망청 돈을 쓰면 수중에 돈이 남아 있지 않다. 도둑맞은 것처럼 줄줄 새는 비용과 사치를 막아야 한다. 하나의 물건을 가지게 되면 그것에 어울리는 다른 물건들을 계속 사게 되는 현상을 '디드로 효과'라고 한다. 그 결과 이전에는 전혀 필요하지 않았던 물건들을 사게 되면서 배보다 배꼽이 더 커질 수 있다. 예를 들면 새 옷을 사면 거기에 맞는 신발과 액세서리를 사야 하고, 소파를 바꾸게 되면 탁자, 매트 등 거실 전체 인테리어를 다시 바꾸게 된다는 거다. 이런 '디드로 효과'에 빠지는 것을 경계해야 한다.

단 4명이 3평짜리 시골 창고에서 시작해 계열사 140개 직원 13만 명을 거느린 매출 8조 원의 기업, '일본전산'의 나가모리 사장이 한 말이다.

"사장은 항상 사내 구석구석까지 관심을 가져야 하며 사장실에 틀어박혀 있어서는 안 된다. 평일 낮인데도 잔디밭 지열과 함께 올라오는 농약 냄새를 맡으며 엄청나게 큰 골프채를 가지고 노는 사장은 반성할 일이다."

여자, 지금 당장 사업하라!

06

사모님 정식

점심 특선 메뉴판에 '사모님 정식'이 있었다. 레고 센터를 하면서 알게 된 원장님들과의 식사 자리였다. 모두 자기 일을 하는 사람들이라 사모님이란 소리가 어색하기도 했지만, 반 호기심에 '사모님 정식'을 시켰다. 사모님 정식은 나오는 식사량도 적었지만, 음식이 나오는 속도도 느려 우리는 애가 탔다.

"우린 사모님이 아닌 건지 이런 식사가 너무 어색하고 못마땅하네."

"사모님들은 이렇게 적게 먹고 천천히 느긋하게 즐기면서 먹나 봐."

"빨리 많이 먹고 힘내서 일하러 가야 하는데 이렇게 늦게 음식이 나와서야……."

"우리는 언제부터 우아하게 밥 먹는 것과 거리가 멀어졌을까?"

라며 서로 한마디씩 했다.

예전에는 사모님이 동경의 대상이었던 적이 있었다. 텔레비전 드라마를 보면, 부유한 집에 항상 가사도우미가 몇 명이나 있고 사모님은 남편을 기다리며 소파에 우아하게 앉아 있는 장면이 많았다. 사모님은 부와 연관된 이미지로 남아 여자들의 로망이기도 했다. 어린 시절, 나도 커서 부자가 되면 텔레비전에 나오는 사모님처럼 살고 싶다는 생각에 현모양처를 같은 의미로 받아들였다. 중학교 시절 국어 선생님이 "커서 현모양처가 되고 싶은 사람?"이라고 질문했을 때 우리 반에서 유일하게 손을 번쩍 든 사람이 나였다. 선생님은 왜 그런 질문을 하셨는지, 친구들은 왜 아무도 손을 들지 않는지 모르겠지만 나는 망설이지 않고 손을 번쩍 들었던 기억이 있다. 물론 친구들은 손을 든 나를 보고 엄청 웃었었다. 그때도 나는 현모양처의 이미지와는 전혀 딴판으로 왈가닥이었으니 모두가 웃을 수밖에 없었던 것 같다. 그 당시에는, 장사하느라 집안일을 못 하시고 나에게 무관심했던 어머니에 대한 불만으로

'나는 나중에 텔레비전에 나오는 재벌 사모님처럼 소파에 우아하게 앉아서 책보면서 남편과 아이를 기다려야지. 맛있는 반찬도 잔뜩 해놓을 거야.' 라며 현모양처를 재벌 사모님과 동일시했나 보다.

현모양처의 꿈은 멀리 날아가고 삶의 현장에서 치열하게 살면서 우아한 사모님의 생활을 가끔 동경해보지만 지금 나의 삶을 후회하지 않는다. 요즘은 재벌 사모님들의 갑질 소동으로 언론이 뜨겁다.

여자, 지금 당장 사업하라!

타인을 인격적으로 대하지 못하고 갑질하는 사모님들 때문에 이미지가 많이 실추되었다. 그리고 재벌이 아니더라도 맞벌이 가정에서는 가사도우미의 도움을 많이 받고 있으니, 이제는 사모님과 관련된 이미지들이 꼭 부의 상징도 아닌 듯하다. 누구의 사모님으로 혹은 상투적인 사모님 명칭보다는 나의 이름이 불리고, 내가 대표인 업체의 주인으로 사는 내가 좋다. 마음만 먹으면 느긋하게 차 한잔할 수 있는 여유가 있지만 아직은 일을 하는 게 즐겁고 보람 있다.

'사모님 정식' 덕에 백화점 문화센터에 수업 나간 기억도 새록새록 난다. 백화점에 쇼핑을 오는 사모님들과 달리, 나는 교구를 한가득 싣고 백화점 문화센터에 수업을 다녔다. 문화센터 수업을 마치고 백화점 식당에서 친구를 만났을 때의 일이다. 그날도 유아들과 열정적인 수업을 마치고 땀에 젖어 헝클어진 머리로 식당을 갔는데, 친구는 세련되게 머리를 하고 예쁜 옷을 입고 나타난 것이다. 우아한 친구의 모습과는 너무 대조적인 나의 모습을 보고 어찌나 초라했던지. 백화점에 거의 출근 도장을 찍는다며 쇼핑을 유일한 낙으로 삼던 그 친구가 몇 년 후에는 노는 것도 지겹다며 일자리 때문에 나를 찾아온 적이 있다. 사모님 소리를 오래 듣고 살았던 친구는

"일은 하고 싶지만 할 줄 아는 것도 없고 힘들고 어려운 일은 못 해."

라고 말했다. 이 상황에 뭐라 답해야 할지. 순간, 아이들 술래잡기

처럼 얼음이 되어버렸다.

젊은이들 사이에서도 사모님에 대한 이미지는 부정적이면서 약간의 동경이 있나 보다. 남편의 도움으로 박사학위 과정까지 마친 새댁 대학원생을 보고 학부 학생이

"아직도 대한민국은 시집 잘 가서 남편 잘 만나는 게 최고라는 생각이 들어요."

라고 말하며 부러워했다. 사실 누구의 경제적 도움 없이 장학금만으로 학부, 석·박사 코스를 다 마친 나도 부러웠다. 그렇지만 그 대학원생은 남편 도움으로 다닌 것에 엄청 스트레스를 받았다고 한다. 물론 아낌없는 지원을 해 주고 대학원을 가라고 한 것도 남편이지만 학비가 적지 않고 과정이 짧지 않았기에 눈치가 많이 보였다고 한다.

'그렇구나. 사람들은 모두 일부분만 보고 타인을 부러워하고 스스로 의기소침해하는구나.'

원장님들과 '사모님 정식'을 먹으며 잊고 있었던 K 원장님 얘기도 나누었다. K 원장님은 친정도 여유가 있고 남편도 전문직이며 가정도 화목하여 남부러울 것 없어 보이는 전형적인 사모님이었다. 그런데 몇 년째 우울증을 앓고 있었단다. 그 와중에 친정 오빠가 우울

여자, 지금 당장 사업하라!

증으로 자살을 했고 그 충격으로 우울증이 더 심해져, 모든 일을 멈추고 한적한 시골로 가족 모두 이사를 했다. 다행히 남편의 지극한 사랑으로 몇 년 후 증상이 조금 나아졌다고 전화가 왔지만, 아직은 사람들을 만나기가 두렵다 하여 시골을 벗어나 외출은 못 하는 상황이란다. 가끔 나의 얘기를 한다며, 전화를 하면 상황을 보고 초대하겠다고 했는데 아직 연락을 못 했다. 참 고운 사람이었는데……. 곧 연락해보고 찾아가 봐야겠다.

여럿이서 느긋하게 식사를 즐기는 사모님과 다르게, 예나 지금이나 나는 일하는 시간이 부족하여 혼자 밥을 먹으러 잘 다닌다. 요즘은 혼밥을 많은 하는 시대라 크게 어색하지 않지만, 처음 혼밥을 하러 식당에 갔을 때의 주변 시선은 나의 얼굴을 뚫고도 남을 지경이었다. 날이 추워질 때는 따뜻한 콩나물국밥을 먹으러 자주 가는데, 근처에 건설 현장이 있는 곳은 혼밥하기 너무 힘들다. 밥을 먹으러 온 아저씨들은 흥미로운 시선으로 내 쪽을 쳐다보며 서로 얘기를 나누고 웃기까지 한다. 하기야 여자들의 시선도 만만찮다. 대부분 삼삼오오 밥을 먹으러 오거나 커플이 와서 혼자 밥을 먹는 나를 문제 있는 여자로 보는 시선이 느껴진다. 그렇지만 밥을 먹으면서 서로 알고 있는 사람들을 한 명씩 열거하며 반찬거리로 삼고, 밥을 다 먹고 나서 새로 생긴 카페 투어를 하면서 하루를 다 보내는 식사 코스는 나와 맞지 않다.

"○○ 다리를 아세요? 그 다리를 가다 보면 XX 카페가 있는데 가보셨어요? 다리 근처 맛집 중 어디가 제일 맛있던가요?"

등등을 물을 때면 난처하기 그지없다. 거기에 가본 적 없다고 하면, 이 지역 사람이 어찌 그럴 수 있냐며 의아해한다. 그런데 사실 나에게는 다 맛집이다. 먹성이 좋아 그런지 맛없는 집이 없다. 그래서 친구들은

"혜진이한테 맛없는 집이란 소리를 들으면 그 집은 진짜 맛이 없는 집이야. 아마 곧 문 닫아야 할걸?"

이라며 우스갯소리를 한다. '사모님 정식'을 다 먹은 우리 일행은 양이 적다며 배를 더 채우러 카페에 가서 커피와 빵을 시켰다. 역시 많이 먹어야 힘이 난다며 나온 음식을 맛있게 먹고 각자의 일터로 힘차게 갔다. 이렇게 먹어도 활기차게 사는 우리는 살찔 틈이 없는 멋진 커리어 우먼이다.

여자, 지금 당장 사업하라!

07

이불 밖은 위험해

"올해도 송년회 해야지?"

"엥? 송년회? 우와! 벌써 연말이구나. 그런데 우리 얼마 전에 송년회 했잖아."

"그게 벌써 일 년 전이야."

나이가 들수록 시간이 더 빨리 지나가는 것 같다더니, 올해는 내가 사는 세월 중 최고로 빨리 흘러간 느낌이다. 해마다 연말이면 올해의 반성과 내년의 다짐, 세월의 빠름에 공감하지만, 나에게는 세월이 빨리 지나갔으면 하는 때가 있었다. 어른이 되면 지금의 구질구질한 생활과 다른 뭔가 근사하고 성공한 삶을 살고 있을 거라 믿었기에, 고등학교 때 친구들과 나눈 대화도 극적이었다.

"나는 짧고 굵게 살고 싶어. 길고 가늘게 사는 건 너무 힘들 거야."

"그래도 나이 들면 오래 살고 싶을걸?"

"아니, 난 성공해서 부자로 살다가 적당한 나이에 죽고 싶어. 병들기 전에 말이지."

"하기야 가난하게 오래 살면 비참하겠지?"

"그런데 가난하게 살다 단명하면? 크크."

그 시절 나눈 대화들을 떠올려 보니 내 얼굴이 다 화끈거린다. 참 철이 없었구나 싶은 맘뿐이다.

성공과 행복이란 말처럼 모호한 말이 없다. 무엇이 성공의 기준일까? '성공'을 국어사전에서 찾아보면 '목적하는 바를 이룸'이라고 한다. 대부분 사람들은 돈이 많으면 성공했다고 표현하는데, 그럼 목적하는 바가 돈이라고 생각하는 사람들이 대부분이란 말인가?

'행복'을 찾아보면 '복된 좋은 운수', '생활에서 충분한 만족과 기쁨을 느끼어 흐뭇함. 또는 그러한 상태'라고 나온다. 생활에서 충분한 만족과 기쁨을 느끼어 흐뭇함은 언제 찾아오는 걸까? 예전의 나는 돈을 많이 버는 것이 성공인 줄 알았다. 돈이 많은 사람은 다 행복할 거라고 생각했다. 그래서 돈을 많이 벌려고 했다. 그것도 아주 많이 벌기 위해 최선을 다했다. 그런데 살아보니 돈보다 더 귀한 가치를 알게 되고, 그것을 느끼고 깨닫는 기쁨이 더 컸다.

누구나 자신이 그리는 행복이 있다. 행복과 불행은 크기가 정해져 있지 않다. 그것을 받아들이는 사람의 마음에 따라 그 크기가 달라진다. 행복해지기 위해서 지금 행복한 순간을 놓치고 있는 건 아닌지? 저마다의 행복의 크기만큼 살아가면 안 되는 걸까? 우리는 행복을 남과 비교하면서 불행을 자초한다. 결승점이 똑같은 곳을 향해 뛰지 말고 각자 다른 방향으로 뛰어보자. 결승점이 모두 똑같다면 상위권에 진입하기가 힘들겠지만, 각자가 추구하는 결승점을 향한다면 항상 1등이다. 오늘까지 뛰어온 나, 내일 다시 뛸 나와 비교하기만 하면 된다. 나 자신을 믿어라. 내가 나를 확신하지 못하는데 좋은 사람이 혹은 좋은 기운이 나의 주위에 머무르겠는가?

경험이 중요하다고들 한다. 격하게 공감하는 말이다. 극한 경험도 나쁘지 않다. 억지로 나쁜 경험을 할 필요는 없지만, 나쁘다고 모두 나쁜 것만은 아니다. 학원을 하면서 큰 승합차를 운전했다. 그런 경험으로 어떠한 차종도, 어떠한 골목에서도 운전 하나는 자신 있다. 지도를 보며 피자 배달을 다녔다. 그런 경험으로 지도 하나만 있으면 어디든 쉽게 찾아간다. 그래서 친구들과 여행을 갈 때면 운전대는 주로 내가 잡게 되지만 그것도 나쁘지 않다. 차가 있지만 두려워서 낯선 곳은 운전하지 못하는 것보다 낫지 않은가? 학원을 하면서 골목골목 회원 집들을 잘 찾아가고 운전을 능숙하게 하는 것을 보고 다른 원장님이 "박 원장은 학원을 그만두더라도 택시나 배달업을 해도 되겠어."라고 하신다. 그렇다. 택시 기사도 할 수 있고, 배달을 하더라도 누구보다 잘할 수 있다. 어떤 일이 닥치더라도 할 수 있는 일이 많아 두렵지 않다.

사업을 하겠다고 마음먹은 사람이 나쁜 결정을 내리는 것과 결정을 내리지 못하는 것 중 어느 것이 더 나쁜 결정일까? 결정을 내리지 못하고 실행하지 못한다면 어떤 성공도 없겠지만, 나쁜 결정은 실패하면서 배우거나 좋은 결정이 될 수 있도록 바꿀 수 있다. 언제 닥칠지 모르는 불행을 생각하며 미리 걱정하기보다는 실패하지 않으려면 어떻게 해야 할지 고민하고 극복하고자 노력한다면 걱정하는 불안과 불행은 사라질 것이다. 실패가 두려워 도전하지 못한다면 시도하지 마라. 사업을 한다고 모두 성공하는 것도 아니고 폐업하는 몇 %의 무리에 속할 가능성이 더 크다. 그러니 이불 속에서만 있어라. 이불 밖은 위험하다. 두렵지만 이불 밖을 나오는 결단을 했다면, 목표를 달성할 때까지 인내심을 갖고 노력하면서 전진하자. 노력하면 뭐든지 이룰 수 있고 모든 일을 극복할 수 있다는 말이 부담스러울 때가 많다. 그럼에도 노력한다면 그 노력이 쌓여서 원하는 목표에 점점 다가갈 수 있고, 좋은 결과에 분명 도움을 준다. 사실 부끄러운 이야기지만, 나는 과 수석으로 입학해서 자만심에 방만하게 지내다 수석 자리를 놓치고 졸업했다. 실망하실 어머니 때문에 졸업식 시간을 일

여자, 지금 당장 사업하라!

부러 늦게 알려주고 수여식이 끝난 뒤 참석하시게 했다. 지금도 어머니는 그 사실을 모르신다. 입학하고 수업시간에 교수님이 하시는 말씀을 하나도 빠짐없이 적고, 특히 영어와 독일어 수업시간에는 전부 모르는 단어인 양 문장 밑에 해석을 모두 받아 적는 친구들을 봤다. 그에 비해 나는 거의 아는 단어여서 몇 단어만 문장 아래에 체크를 했다. 이쯤 되면 내가 정말 재수 없는 사람으로 보일 것이다. 그렇다. 자만심이 하늘을 찔렀으며, 학점을 쉽게 얻을 수 있어 도서관에 공부하러 간 적도 없었다. 그런데 과 수석으로 졸업한 친구는 결강인 날에도 강의실에서 자리를 지키며 공부하고 도서관에서 붙박이장처럼 살았다. 흑역사지만 실제 사례를 우리 아이들에게 얘기하면서 노력의 중요성을 강조했다.

철없는 대화를 나누었던 고등학교 동창들과 1박 2일 여행을 가서 학창시절의 추억들을 이야기하느라 밤을 새운 적이 있다. 이런저런 얘기 끝에 예전으로 돌아가고 싶다며, 과거로 돌아간다면 언제로 돌아가고 싶은지 서로 알라딘에 나오는 지니에게 소원을 빌듯이 얘기를 나누었다. 나도 한때는 시간이 과거로 돌아갔으면 좋겠다고 생각했다. 타임머신을 타고 돌아간다면 고3으로 돌아가 더 열심히 공부해서 내가 원했던 대학을 간다거나, 대학을 졸업하고 바로 대학원을 가던지 외국으로 갔을 텐데 등의 상상을 자주 해보았다. 그렇지만

지금은 그런 생각이 전혀 없다. 물론 지금의 내가 큰 성공을 했거나 소원이 없어서가 아니다. 그런 회한의 시절이 있었기에, 그 시절을 나름 충실히 살았기에 지금의 내가 있고 작은 일에도 만족하며 사는 내가 좋고 자랑스럽다. 가보지 않은 길은 항상 좋아 보인다. 그 길을 갔으면 지금보다 많은 부와 명예를 누렸을 거라고 생각을 해보기도 하지만 아닐 수도 있지 않은가? 이런 결혼을 하지 않았더라면 더 행복했을 거라고 생각을 해보지만 그랬다면 이렇게 귀한 딸과 아들을 얻을 수 없었겠지라는 생각을 하니 모든 것이 감사할 따름이다.

여자, 지금 당장 사업하라!

08

회원님, 몸에 힘을 빼고 한 번만 더 해보세요

"대표님, 차 좀 바꾸세요."

"제 차요? 아무 이상 없는데? 제가 관리를 못 해 엉망이죠? 헤헤."

"아니요. 그게 아니라 차가 너무 작고……."

"차가 작은 게 아니라 내 덩치가 크다고 생각하는데요."

요즘 이런 대화가 자주 오간다. 주변을 둘러보면 거의 내차보다 더 크고 값비싼 브랜드의 차다. 나보다 나이 어린 사람들의 차도 그렇다. 그래서 가끔은 나도 차를 바꾸고 싶을 때가 있지만 오랫동안 나와 손발을 맞춘 내 차가 아직 좋다. 못 사는 것과 안 사는 건 다르다. 안전을 위해 좀 더 크고 튼튼한 차로 바꾸거나 가족들이 탈 자리가 부족하다면 언제든지 바꿀 수 있지만 지금 상황으로는 그렇지 않으니 당분간 같은 소리를 자주 들을 것 같다.

내가 아는 원장님은 전화 요금을 낼 수 없을 정도로 형편이 어렵게 되었는데도, 남들 눈에 초라하게 보이기 싫어서 비싸고 화려한 옷을 사 입는다. 명품 가방도 남에게 돈을 빌려서 산다. 내 상식으로는 도저히 이해할 수 없지만, 그렇게 하지 않으면 밖에서 사람들을 만날 수가 없다고 한다.

허세를 부리며 다니는 사람들의 공통점은 자신감이 없어서다. 누가 뭐라 하든 자신감 있고 당당하면 굳이 허세를 부릴 필요가 없다. 자기를 자랑할 필요가 없다. 그렇게 허세를 부리며 폼 잡고 다니는 사람들을 부러워한 적도 있었지만, 지금은 안타까운 생각이 든다. 무엇 때문에 남을 속이면서 그렇게 포장을 하려고 하는지, 제발 솔직하게 살자. 어깨 힘 빼고 조용히 있어도 사람들은 알아본다. 떠벌리고 다니면서 밑천 드러내 보이지 않았으면 좋겠다.

처음 필라테스를 배울 때, 내 뜻대로 되지 않는 몸뚱이 때문에 있는 대로 힘을 주며 운동했다. 몸에 좋다고 갔던 운동이었는데 마치고 나니 온몸이 더 아팠다. 다음 날 운동을 하러 갔더니 강사가

"회원님, 어제 어땠어요?"

"안 하던 운동을 해서 그런 건지 여기저기 쑤시고, 특히 목이 아파요."

"방법을 다르게 해보세요. 잘하려고 하지 말고 힘을 모두 빼고 동작을 해보세요."

쉽지 않았지만, 강사가 시키는 대로 따라 해보았다.

"온몸에 힘을 빼고 천천히 몸을 숙이세요."

힘을 빼기가 의외로 쉽지 않았지만, 천천히 따라 하다 보니 정말 목이 아프지 않았다. 그러다가 어려운 동작도 쉽게 따라 할 수 있게 되었지만, 운동할 때마다 참기 힘든 순간도 있었다.

"조금만 더, 한 번만 더 해보세요. 힘들 때 한 번 더 해야 근육이 생기고 지방이 탑니다."

마지막 동작을 할 때는 너무 힘들어서 살이 타들어 가는 느낌이었다.

운동을 계속하면 근섬유에 상처가 난다. 그 상처가 다시 재생되는 과정에서 더 단단한 근육이 생기니 이 순간을 넘겨야 한다. 힘들어도 포기하지 않고 한 번 더 해야 근육이 생기고 이렇게 만들어진 근육은 오래도록 유지된다고 한다. 몸의 근육뿐 아니라 마음의 근육도 마찬가지다. 마음이 단련되면 자존감이 높아지고 정신이 건강해진다. 그렇지만 마음단련은 이론만큼 쉽지 않다. 살다 보면 뜻대로 되지 않는 일이 많다. 힘든 일을 만나도 두려워하거나 포기하지 말고 한 번 더 도전해보자. 고난을 넘기면서 생긴 마음 근육은 쉽게 사라지지 않고 어떤 위기가 찾아와도 잘 극복할 힘을 줄 것이다. 포기는 배추를 셀 때만 쓰는 거라는 우스운 얘기도 있지만, 포기하지 않고 시도한다면 마음도 단단해질 것이다.

한 제자가 소크라테스에게 물었다. "어떻게 하면 진리를 깨우칠 수 있습니까?"

그 말을 듣고 소크라테스가 제자들에게 한 가지 제안을 했다.

"오늘부터 매일 손을 앞뒤로 300번씩 흔들도록 하여라."

제자들은 모두 코웃음을 쳤다. 너무 쉽고 간단했기 때문이다. 한 달이 지나고 소크라테스가 물었다.

"너희들 중 손 흔들기를 계속 하고 있는 사람이 있느냐?"

많은 제자들이 손을 들었다. 그리고 일 년 후 소크라테스가 다시 물었다.

"지금까지 손 흔들기를 계속 하는 사람이 있느냐?"

제자들 중 단 한 명만 손을 들었다. 그 제자가 바로 플라톤이었다. 플라톤도 포기하지 않고 끝까지 해내는 힘을 가졌던 것이다.

실패 없이 성공만으로 이어진 삶은 없고, 성공으로 가는 길 위에는 어떤 의미든 실패를 만난다. 그렇지만 성공한 사람과 실패한 사람의 차이는 실패했을 때 어떻게 대처하는가에 따라 달라진다. 대부분 사람들은 그 과정을 건너뛰고 성공만 원한다.

나보다 더 열악한 상황에서도 성공하는 사람은 많다. 성공과 실패를 자신의 환경에 좌우된다고 생각하지 말고, 본인의 운명을 통제해 보자. 우리는 걷기 위해 얼마나 많이 넘어졌는가? 일어서서 걷

여자, 지금 당장 사업하라!

는 것도 그렇게 노력해야 하는데, 새로운 일을 만들어내고 이루는데 그런 과정도 없이 그저 이루려고 했다면 너무 이기적이지 않나? 운이 좋아 성공할 수도 있다. 그렇지만 순전히 운만 작용했을까? 열정적이고 긍정적인 성향, 실행에 옮기는 태도가 행운과 어우러졌을 때 성공이라는 등불이 밝혀진다. 꿈을 이루고 성공한다는 건 결코 쉬운 일이 아니다. 누구나 알 만한 부자들, 성공한 사람들의 이면을 보면 그들이 땀 흘려 노력하고 고통을 감내한 부분이 많은데, 그 점은 보지 않고 현재 결과만 보고 부러워한다. 그들의 성공 뒤에는 수많은 실패가 있을 수 있고, 수많은 선택을 하며 그에 따른 결과로 웃기도 하고 울기도 하면서 이뤄낸 결과다. 그렇게 마음 근육을 키운 것이다.

'참나, 또 나를 시험하는구나. 내가 이런 것도 극복 못 할까 봐?'

'거봐, 결국 내가 해냈잖아. 내가 누군데 감히. 나 박혜진이야.'

누가 보면 근거 없는 자신감으로 밥맛이겠지만 나처럼 한번 해보길 바란다.

'난 안 돼. 내가 이럴 줄 알았어. 어째 실패할 거 같더라니.'

라고 말하는 것보다 자신감이 생기고, 나의 말을 들은 나의 뇌와 몸이 그것에 맞게 반응하게 된다.

학창시절 엘리자베스 테일러 주연의 '바람과 함께 사라지다'를 감명 깊게 본 후부터 힘들 때면 주먹을 불끈 쥐며 주인공 스칼렛 흉내를 내곤 했다.

"내일은 내일의 태양이 다시 뜰 거야!"

짚고 넘어가야 할
문제들

04

4장에서는

사업하는 과정에서 빠트리지 말아야 할 핵심적인 요소들을 정리했다. 교과서처럼 하나하나 일목요연하게 정리하기보다는, 내 경험을 바탕으로 '이야기 형식'으로 썼다. 공부한다는 생각보다 경험담을 듣고 이해하는 방식으로 읽어주길 바란다.

01

경쟁자는 반드시 나쁜 것일까?

　　　　　모모에 오는 고객들을 보니 공부방식도 예전과
많이 바뀐 것 같다. 우리가 학교 다닐 때 공부하던 모습과는 사뭇 다
르다. 특히 여학생들은 본인의 자료를 누가 볼까 봐 종이나 손으로
가리면서 몰래 공부한 기억이 있는데, 요즘 학생들은 함께 모여서
과제를 하거나 서로 예상 문답을 주고받으며 입사 면접 준비를 한
다. 교사 임용시험을 준비하는 학생에게 물었다. "같은 과목인데, 모의
수업 기술을 경쟁자에게 오픈하면 부담스럽지 않아요?"

　"그럴 수도 있지만, 상대방을 보면서 얻게 되는 팁도 많아요."

　라는 답을 들으며 경쟁자에 대해 생각해 보았다.

　우리는 언제 어디서나 경쟁을 한다. 사업에서도 경쟁업체가 존재
한다. 경쟁업체 없이 독점으로 사업하길 바라지만 경쟁은 점점 더

치열해진다. 그렇지만 경쟁자가 있다고 모두 망하거나 힘들어지는 것은 아니다. 고객들은 옷가게, 가구점, 식당들이 많이 모여 있는 곳으로 이동한다. 고객의 처지에서 보면 비교하기도 쉽고 선택의 폭이 넓어지기 때문이다.

레고교육센터를 운영할 때 레고를 방문판매 하는 업체가 생긴다고 하여 바짝 긴장했다. 그것도 유명한 영업조직으로 구성된 팀이었기에 영업력이 없는 우리 센터는 회원 유치가 더 힘들어질 게 뻔했다. 특별한 대책이 없던 우리 센터는 수업에 더 열중할 수밖에 없었다. 교재연구와 회원 관리에 더 신경을 쓰면서 기본에 충실했다. 그런데 어찌 된 영문인지 회원 수가 점점 더 늘고 문의 전화도 많이 오기 시작했다. 알고 보니 방문판매 하는 영업조직의 덕을 보고 있었다. 영업하는 사람들이 집마다 다니며 레고의 좋은 점들을 일일이 홍보하고 레고 교육의 필요성을 설명해 주고 있었다. 필요성을 듣고 전문교육센터에서 교육을 받고자 하는 학부모들이 늘어 우리 센터에 상담을 왔고, 수업에 만족하면서 점점 회원이 늘어나게 된 것이다. 영업조직이 레고를 홍보했을 때 수업의 질이 떨어졌다면 우리 센터는 위기를 맞았을 것이다. 회원들에게 양질의 교육을 제공하려고 노력한 결과, 방문 수업과 센터 수업을 비교한 후 우리 센터로 발걸음을 옮기는 회원이 점점 더 늘어나고 활성화되었다.

얼마 전 영어 학원 원장님이 와서

"데리고 있던 교사가 퇴사해서 바로 앞에 영어 학원을 개원한 거 있죠? 기가 차서. 회원들까지 꼬드겨서 데려가고 상도도 없는 거 아니에요? 난 배신하는 것들이 잘되는 꼴을 못 봤어요."

흥분해서 숨이 찬지 짧은 문장들을 계속 쏟아냈다. 사업을 하다 보면 데리고 있던 직원이 경쟁자가 되는 상황이 종종 벌어진다. 나도 그런 경험이 있다. 직원의 행동이 괘씸하기는 했지만, 언제 어디서든 경쟁자는 생기고 경쟁자가 누구든 나의 가치를 높이는 데 열중하면 문제 될 게 없다고 생각했다. 그냥 경쟁업체가 하나 더 생겼다고 여겼다.

카페에서 남녀 한 쌍이 음료 사진을 찍으며 "이 근처에 카페가 또 생겼더라. 거기는 어떤지 다음에 가보자."

라고 얘기를 하자마자 매장을 어슬렁거리던 주인이 대꾸한다. "아, 이 끝에 있는 카페 말이죠? 거긴 분위기도 안 좋고 생긴 지 얼마 되지 않아 운영을 잘 못 해요. 커피 맛도 없고……."

순간 내 귀를 의심했다. 주인이란 사람이 어찌 저런 말을 할 수 있을까? 커플은 당황해하며 어색한 웃음을 짓고, 커피를 만들던 아르바이트생의 얼굴은 내가 주문한 생과일주스 색으로 변했다. 주인의 개념 없는 말로 창피한 건 아르바이트생의 몫이었다. 작은 카페여서 몇 안 되는 고객들도 사장의 얘기를 들었을 텐데 말하지 않아도 모두 같은 생각을 했을 게 분명하다.

큰 기업에서도 경쟁업체를 비방하는 광고를 하거나 댓글을 조작한다는 기사를 가끔 보게 된다. 자기 일에 자신감이 있다면 어떤 경쟁업체와도 경쟁이 되지 않는다. 굳이 경쟁업체를 험담하지 않아도 고객들은 다 안다. 어디가 괜찮은지 판단은 고객에게 맡기고 나의 일에 충실하면 되는데, 경쟁업체를 비방하면 오히려 나의 이미지만 깎아내리는 꼴이 된다. 또한, 인터넷의 영향력과 파급 효과는 회사의 생존을 위협할 정도다. 대기업 회장이 운전기사에게 폭언한 사실과 모 기업의 여직원에 대한 성 추문 등의 내용은 인터넷을 통해 빠르게 퍼지고 입사 거부와 불매운동으로 이어진 경우도 이와 무관하지 않다. 경쟁업체를 보는 시각도 바꿔야 하고 경쟁하는 방법도 바꿔야 한다. 끝없는 경쟁을 하며 서로 죽자고 덤비다가는 같이 죽을 수도 있다. 우리 사업의 존재가치를 높이고 하나뿐인 존재 이유를 가지도록 노력하는 것이 피 흘리고 싸우는 것보다 이길 확률이 높고 정신건강에도 좋다. 모든 업종에서 이미 많은 제품과 서비스가 경쟁하고 있지만 앞으로 더 많은 제품과 서비스가 쏟아져 나올 것이다. 이처럼 치열한 경쟁 속에서 고객의 선택을 받기 위해서는 자신의 가치를 높이는 노력이 필요하다. 고객이 스스로 찾아오고 재방문이 이

여자, 지금 당장 사업하라!

루어져야 한다. 고객이 돈을 지급할 때 아깝지 않다고 여기게 해야한다. 교육 사업 같은 경우는 질 높은 교사들의 교육서비스가 준비되어 있어야 고객들에게 선택받을 수 있다. 각자 업종에 따라 고객의 요구를 파악하고 연구하면서 우리가 선택받을 수 있도록 철저히준비해야 한다.

고객에게 가치 있는 사업이 성공할 수 있다. 고객은 매우 다양하고 그들이 선호하는 것도 제각각이다. 고객이 만족하고 재방문할 수있도록 좀 더 전략적으로 고객에게 접근하는 방법을 찾고 차별화된방법으로 콘셉트를 잡아야 한다. 불평불만이 많고 까다로운 고객도제대로 관리하면 오히려 충성고객이 될 가능성이 크다. 스타벅스처럼 가치 소비 마케팅의 정석을 보여주는 접근도 좋은 사례로 꼽는다. 수많은 카페들이 경쟁상대로 있지만, 스타벅스는 단순히 커피를파는 곳이 아니라 감성 마케팅과 차별화된 전략으로 경험 소비를 할수 있는 문화를 만들어서 가치를 높이고 있다.

사업을 하는 사람에게도 팬과 같은 고객이 필요하다. 세계적인 스타 방탄소년단이 승승장구하는 데는 충성도가 높은 팬들의 힘이 크게 작용했다. 이 그룹은 전 세계 팬들과 진정으로 소통하는 마음을나누고 배려한다고 알려져 있다. 사업을 하는 사람에게도 소통할 수있고 우리 사업에 공감하는 팬이 필요하다. 팬이 된 고객은 우리의

적극적인 홍보 대사가 될 것이다. 팬들을 위해 팬 서비스를 즐겁게
하고 함께 호흡하는 콘서트장을 만들어보자.

여자, 지금 당장 사업하라!

02

직원교육은 평생 숙제

텔레비전에 또 맛집 소개가 나온다. 먹음직스럽게 보이는 음식을 보니 통영 맛집이 생각난다. 사는 곳이 다르기에 1년에 한두 번씩 일정을 잡아 친구들과 여행을 가는데 이번에는 통영이었다. 친구 한 명이 맛집으로 소개된 식당에 예약을 해두었다. 역시 방송의 위력은 대단했다. 예약하지 않았다면 많이 기다리든지 돌아가든지 할 정도였으니 말이다. 다른 테이블도 앉자마자 맛집으로 소개된 프로그램을 얘기하고 있었다. 손님이 많아서 그런지 일하는 사람들은 모두 지쳐있었고, 주인처럼 보이는 사람은 손님들이 물어봐도 제대로 대꾸도 하지 않았다. 부족한 음식을 좀 더 주기로 했는데 가지고 오지 않는다. 직원이 지나갈 때 한 번 더 말했지만 허공에 대고 떠드는 느낌이었다. 기대가 컸는지 크게 맛있는지도 모르겠고, 추가 주문한 음식은 결국 못 먹고 불쾌감만 간직한 채 식당을 나왔다. 지금도 그 식당은 손님이 많겠지만, 우리처럼 두 번 다시 가지 않겠다고 결심한 사람들도 있을 것이다. 불만을 느끼고 나온 고객 중 SNS에 글을 올리면 일파만파 소문이 퍼져 장수하는 식당이 되지 못할 수도 있다. 악담이 아니라 사장과 직원들의 역할이 중요한데 안타까워서 하는 얘기다.

여행을 마치고 모모를 출근해보니 우리 아르바이트생도 별반 다르지 않았다. 일을 배운 지 얼마 되지 않아 그랬겠지만, 새벽 독서모임이 있는 날이었고 곧이어 오전부터 단체 손님들이 많은데 신입아르바이트생은 컴퓨터 책상에 앉아 느긋하게 인터넷을 하고 있지 않은가? 예약 상황을 보고 미리미리 준비하거나 점검할 부분을 확인해야 하는데 아무 생각이 없어 보였다. 한바탕 오전 단체 손님들이 빠져나간 후, 더러워진 음료대와 바닥을 닦아야 하고 쓰레기도 분리해서 정리해야 하는 등 할 일이 산더미같이 쌓여 있었다. 그런데 마음 급한 나와는 달리 느긋하게 움직이는 아르바이트생을 바라보니 며칠째 체증으로 고생한 사람처럼 가슴이 답답했다. 그렇지만 잔소리하며 가르치려 들다가는 분위기만 냉랭해진다. 예전처럼 사장이 갑질하는 시대는 지났다. 조금 조용해졌을 때 핫도그를 먹으며 그들의 언어로 소통해본다. 한결 나아진 분위기 덕에 바쁜 저녁 시간이었지만 수월하게 일할 수 있었다. 직원도 내부고객이기에 좋은 관계가 필요하다. 당신은 '엘베, 버정, 갑분싸, 인싸, 버카충, 얼죽아' 등의 단어를 아는 사장인가?

직원들과 아르바이트생들을 많이 접해보니 조금만 같이 일해 보면 파악이 된다. 냉정한 얘기지만, 어딜 가도 대접받지 못하면서 일할 사람들이 있다. 대충 시간만 때우면서 일하는 사람은 어느 직장에 가더라도, 자기 사업을 하더라도 절대 인정받을 수 없다. 식당을 가거나 카페에 가면 일 잘하는 친구들이 눈에 띈다. 우리 매장으로 데려오고 싶어서 물어보면 열에 아홉은 주인의 딸, 아들이거나 조카다.

'주인이 아니니 주인의식을 가질 수 없고, 주인보다 못하니 주인 밑에서 일한다.' 라는 웃지 못할 얘기도 있다. 아르바이트생이라 하더라도 맡은 일에 최선을 다하는 태도는 삶의 기본 중의 기본이다.

면접을 볼 때 업종에 따라 강조하는 질문이 다를 것이다. 레고센터에서 교사를 채용할 때면 아이들을 사랑하는지 항상 먼저 물어본다. 점심시간에 밥을 먹다가 화장실을 가는 아이들이 있으면 따라가서 뒤처리를 해 주고 돌아와서 또 밥을 먹어야 하는데 아이들을 사랑하는 마음이 없다면 힘들다. 급여가 높아도 매일 아침 눈을 떴을 때 출근하기 싫다면 얼마나 곤혹스럽겠는가? 출근길이 가볍고 기분 좋다면 본인도 행복하고 분위기가 좋아져서 모두가 만족하는 학원이 된다. 주말 동안 아이들을 못 봐서 빨리 보고 싶다며 월요일 일찍 출근하는 선생님들을 보면서 참 교사라는 생각이 들어 흐뭇했던 기억이 있다. 모모 모임 공간은 사람들과 소통하는 것을 편하게 생각하는지 자주 묻는다. 사람을 만나고 대화하는 것을 싫어한다면 일하기가 힘들다. 아르바이트생 충원을 앞두고 기존의 직원이 친구를 소개했다. 그런데 그 친구는 사람들과 대면하는 일을 싫어해서 손님들이 많이 오면 너무 불편해했다. 소개로 왔고 인상이 좋아서 제대로 면접을 보지 못한 나의 잘못이 크다. 컴퓨터 작업을 잘해서 매장에서 필요한 서류 업무들은 잘하였지만, 지금은 데스크에서 안내 업무를 볼 사람이 필요했다. 고객이 오갈 때 일어나서 인사를 하지도 않고 눈도 마주치지 않았다. 고객이 불편한 점은 없는지 파악은커녕 아예 한마디도 하지 않는 거였다. 심지어 직원으로 있는 친구에게

'나는 손님들이 많이 오는 게 너무 싫어.' 라고 했다고 한다.

중간관리자가 역할을 잘하면 사장은 천군만마를 얻은 것과 다름없다. 레고교육센터를 했을 때 야무진 주임 교사 덕분에 평교사와 불편한 관계도 없었고, 세심한 회원 관리로 학부모들의 만족도도 높았다. 출근해서 컴퓨터나 휴대전화 사용을 자제시키거나 학부모에게 매주 전화하는 부분도 꼼꼼히 확인했다. 사실 이런 소소한 부분

여자, 지금 당장 사업하라!

까지 원장이 입을 열면 서로 관계가 어색해진다. 하루는 퇴근 시간 무렵 교사실에서 큰소리가 나서 엿보았더니 주임 교사가 수세미를 들고 초임교사를 혼내고 있었다.

"뭐로 청소했어요?"

"그 수세미로 했어요."

"물기가 하나도 없이 바싹 말라 있는데? 3일째 확인해도 그대로 있던데? 이번 주 화장실 청소 담당이면서 청소도 안 하고 거짓말까지 하면 어떡해요?"

'증거자료까지 들이밀며 빠져나갈 틈이 없구나. 내가 원장이기 망정이지 초임교사였으면? 아이고 무서워라.' 며 조용히 학원 문을 나섰다. 세세한 부분까지 중간관리자인 주임 교사가 악역을 하면서 졸지에 나는 천사가 되었다. 주임 교사에게 스트레스를 받으면 나에게 전화를 해서 같이 밥을 먹으며 하소연을 한다. 특이한 것은 호된 교육을 받은 교사가 제대로 일을 배우게 됐다며 오히려 나중에는 감사해한다. 그렇게 한솥밥을 먹으며 해를 거듭하다 보니 다들 가족 같은 분위기로 지냈고, 몇 년이 지난 지금도 서로 연락하고 만나서 그때 일을 떠올리며 웃기도 한다. 모모 모임 공간에도 똘똘하고 귀여운 중간관리자가 있다. 고객에게 응대도 잘하고 필요한 물품들을 미리 점검하고 업체와의 서류와 입출 문제도 꼼꼼하게 정리한다. 다른 직원이 출근하는 날 일정까지 관리하고 고객의 불만도 중간에서 잘 소통한다.

　직원과 아르바이트생의 교육 지침서도 있지만, 실제 교육에서 강조하는 점이 있다. 고객이 매장을 들어왔을 때 어떻게 하면 편안한 느낌이 들지, 음료대를 이용할 때 청결 상태를 보고 어떤 생각이 들지, 처음 이용하는 고객이라면 등의 질문을 하면서 고객의 입장이 되어 일을 해보라고 한다. 친절과 청결을 많이 강조하는데, 서비스업에서 이 부분은 기본이고 전부라 할 정도로 중요하다.

03

동업을 하느냐 마느냐 그것이 문제로다

　　　　　수시로 목감기를 달고 사는 나를 위해 친정어머니가 따뜻한 음료를 만들어오셨다. 도라지, 대추, 배, 생강, 유자, 모과 등을 넣고 끓이셨다는데 여러 맛이 섞여 오히려 먹기가 참 불편하다. 가끔 보온병에 넣어 다니는 친구의 차를 마셔보면 달고 맛있다. 이것저것 섞지 않고 한두 가지를 넣고 끓인 거라 한다. 어머니의 정성이 들어있는 음료지만 마시면서 오만상을 찡그리며 문득 생각해 본다. 동업도 이와 비슷하지 않을까? 각자 가지고 있는 좋은 재료를 잘 섞으면 맛도 좋고 몸에도 좋은 음료가 되지만, 아무리 좋은 재료라도 뒤섞이면 불편한 맛이 되는 것과 같다.

　　모모 모임 공간을 자주 이용하던 S가 사업을 하고 싶다고 했다.

본인의 일이 계약직인데 그만두게 되면 일이 필요하고, 모모처럼 깨끗하면서 편한 사업을 하고 싶다고 한다. 내가 돈을 쉽게 버는 줄 아는 것 같다. 사업은 쉬운 게 아니라고 얘기하니 같이 하면서 배우고 싶다고 했다. S는 모모를 이용한 지 1년쯤 되는 고객으로 명랑하고 애교가 많은 사람이었다. 그 후 매일 모모에 왔으며 바쁠 때 도와주기도 하고 고객들에게 친절하게 잘했다. S와 많은 시간을 보내다 보니 좀 더 친해졌고 어디를 가도 같이 다니는 사이가 되었다.

모모 모임 공간을 시작한 지 2년이 다 되어가고, 자리를 잡아 2호점을 생각했던 참이었다. 2호점 자리를 알아보는데, 내가 가진 자금으로는 1호점 규모 정도로 시작할 수밖에 없어 속상해하고 있었다. 같이 크게 2호점을 하느냐, 작게 혼자 2호점을 하느냐를 두고 한동안 고민을 했다. 1호점보다는 힘들지 않겠지만 또 공간을 보러 다니고 2호점을 만드는 고독한 작업을 다시 하려니 누군가 아군이 있으면 힘이 될 거라고 생각했다. 이번에는 조금 다른 콘셉트로 꾸밀 계획이어서 규모가 좀 더 컸으면 하는 욕심도 있었다. S가 성격이 좋으니 동업을 하더라도 문제가 없을 것이고 많은 도움을 받을 수 있을 거라 생각했다. 그래서 부모·형제끼리도 하면 안 된다고 하는 동업을 하고 말았다. 고정관념을 깨고 나는 잘할 수 있으리라 생각했다. 선조들이 살면서 터득한 지혜라 그런지 살아보니 옛말이 틀린 말이 별로 없는 것 같다. 역시 남과 동업한다는 것은 무척 힘든 일이

여자, 지금 당장 사업하라!

었다. 잘 되면 초심을 잃고 안 되면 상대방 탓만 한다더니 나도 예외는 아니었다. 동업하기 전 잘됐을 때는 어떻게 할지, 안됐을 때는 어떻게 할지 미리 이야기하고 문서로 만들어야 한다. 감정적인 것보다 이성적으로 판단하고 지분이나 수익금, 일은 어떻게 나눌지 구체적으로 얘기해야 한다.

변수가 생길 수 있는 조항들을 모두 확인했어야 했는데 좋은 게 좋은 거라고 서로에게 불편한 얘기는 하지 않고 마냥 좋은 감정으로, 동업계약서를 철저하게 작성하지 않은 채 동업을 시작했다. 사적인 관계에서는 자매처럼 사이가 너무 좋고, 온종일 붙어 있어도 편안했다. 그렇지만 일을 시작하는 순간 불편함이 느껴지기 시작했다. 2호점 매장을 구하러 다니는 일부터 인테리어 업체를 구하는 일까지 혼자 할 때보다 몇 배로 힘들었다. 1호점 인테리어를 해준 실장님이 다른 업종으로 전환하고 이 지역에 안 계셔서 새로운 사람과 처음부터 다시 시작해야 했다. 매장 위치와 인테리어 업체선정, 금액 등을 일일이 의논해야 하니 시간과 감정 소모가 많았다. 그러다가 처음 눈여겨봤던 매장은 다른 사람이 먼저 계약해서 다른 매장을 알아봐야 하는 상황이 벌어졌다. 작은 부분이라도 독단적으로 했다가 원망을 들을까 봐 눈치도 보였다. 우여곡절 끝에 매장은 구했지만 인테리어 업체선정을 두고 갈등이 생겼다. 몇 군데 중 공사금액은 높았지만 감각적으로 설계하고 이 일을 제일 잘 이해하는 업체를 선정한 나와 달리, S는 금액이 부담스럽다고 해서 다른 업체들을 더 알아보기로 했다. 그러던 중 S의 지인이 인테리어를 하니 저렴하게 할 수 있다 하여 설계도와 견적을 기다렸는데 결국 못하겠다고 한 다. 돈에 맞추니 설계도를 봐도 허접해 보여 S도 포기하였다. 설계 도와 견적서라도 빨리 가져왔으면 시간 낭비를 덜 했을 텐데 거의 한 달 만에 가지고 와서 마음이 조급해졌다. 공사 기간을 고려해서 임대료 지급 기한을 조금 유예했는데 시간을 많이 허비해 버린 것이 다. 이번에도 직접 공사에 참여해야 했다. 인테리어 업체가 이런 공 사는 처음이라 하니 1호점 공사과정을 또 되풀이했다. 공사를 마치 고 집기들을 넣고 나니 문제가 생겼다.

고객들이 편안하게 이용할 수 있도록 최상의 브랜드 가구를 갖췄 던 1호점과는 다르게, 금액에만 초점을 맞춘 가구가 들어오다 보니 벌써 문제가 생겼다. 저렴해서 반품도 안 된다고 한다. 대형 강의장 을 제외한 부스들은 최상급은 아니더라도 검증받은 업체에서 사자 고 미리 합의해서 그나마 다행이었다. 부스에 필요해서 주문한 멀티 미디어 장비를 돌려보내고, 저렴한 장비를 사서 기기가 제대로 작동 되지 않았다. 누구에게나 돈은 귀하고 지출할 때는 아깝다. 무분별 한 지출은 안 되지만 아껴야 할 때와 투자해야 할 때를 구분할 줄 알 아야 한다. 무조건 아끼다가는 이중으로 돈이 든다. 자금 지출 부분

여자, 지금 당장 사업하라!

을 두고 계속 마찰이 생겨 불편한 마음에 내 자비로 지출해버리는 상황도 생겼다.

　창업하면 무조건 다 성공하고 큰돈을 벌 수 있을 거라 생각한 것인지, 초기에 수익이 별로 없자 불안해했다. 사장이라는 자리는 일 안 해도 되고 직원들이 일하면 돈만 가져가는 베짱이라고 대부분 생각한다. 사업이 안 된다면 왜 안 되는지 궁리를 해야 하는데 환경 탓, 세상 탓, 직원 탓, 동업자 탓만 하고 있다. 경영이 어렵게 되자 서로 상처 주는 말을 하고 원망하기 시작했다. 감정을 바로 표현하면 날것을 먹고 배탈 나는 것과 같다. 시작하자마자 수입이 올라오는 사업 아이템이 아닌데도, 자리 잡은 1호점을 보고 시작해서 괴리감이 컸던 모양이다. 1호점을 시작한 초창기에 수입은 없고 적자상태로 계속 투자만 했던 상황에 비하면 좋은 조건인데, 2호점에서 많은 수입이 없자 계속 불만을 토로했다.
　사업에 대한 서로의 가치관과 운영방식도 너무 달랐다. 처음부터 삐걱거리기 시작하더니 운영을 하면서도 계속 덜컹거렸다. 계산이 잘못된 고객에게 대처하는 방식도 서로 맞지 않았다. 공통의 목표의식이 없고 가치관이 다르면 인간관계도 사업도 함께 추락한다.

　S와 합의하여 1, 2호점 중 하나를 정리하려고 하는데, 2호점을 나

와 동업하고 싶어 하는 후배가 나타났다. S는 1호점에 관련한 지분을 갖고, 2호점은 후배와 동업하게 되었다. 계약서대로 적용하지 않고 인정상 정리를 하면서 나는 이중고에 시달렸다. S에게 2호점의 투자원금을 주고 후배와 한배를 탔지만, 사업 경험이 전혀 없고 일을 할 처지가 못 되는 후배 대신 온종일 근무를 해야 하는 사태가 생겼다. 그렇지만 2호점 동업자 후배도 미래의 가능성보다 현재의 수입에만 치중하다 보니, 초기의 지출을 견디지 못하고 투자원금을 회수하고 싶다고 한다.

이 상황을 지켜본 절친한 친구의 말을 듣고 바보가 된 느낌이었다.

"사업에 불만이 있고 먼저 그만두려 하면 투자원금을 회수할 수 없지. 동업하다 손해를 보면 같이 손해 봐야지, 왜 네가 다 떠안니?"

맞는 말이지만 그런 곳에 에너지를 쏟으니 빨리 정리하고 털어내는 쪽을 선택했다. 그러던 중 1호점의 운영을 원하는 사람이 나타나 S와 합의 후 1호점은 모두 정리하였다. 친구에게 한 번 더 바보 소리를 들었지만, 후배에게도 투자금액을 주기로 하며 정리했다. 투자금액을 돌려주기 위해 2호점의 매출 극대화에 최선을 다했다. 덕분에 빨리 자리를 잡아 돈을 돌려주고 지금은 독립적이고 안정화된 사업체를 운영 중이다.

동업으로 인해 정신적, 금전적 손실을 보았지만 큰 배움을 얻었다. 동업은 각자의 업무 분야를 확실히 구분하고 시작해야 한다. 계약서에 지분, 의사결정 방법, 자금관리와 집행방법, 손익분배 문제, 계약해지의 방법 등 세부적인 사항까지 반드시 기록해야 하고 인정에 이끌려서 일 처리를 하면 안 된다. 동업자는 배우자를 선택하듯 신중히 선택해야 한다. 동업의 실패에도 불구하고 동업의 중요성은 인정한다. 동업이 문제가 아니고 동업을 하는 방식이 문제라고 생각한다. 동업은 서로 다른 능력을 갖춘 사람의 조화를 잘 이루어야 성공할 가능성이 커진다.

경쟁이 치열하고 위기인 상황에서 다양한 아이디어와 다양한 인맥을 갖게 되면 생존율도 높아진다. 세상은 빠르게 변하고 점점 전문화되어 가고 있다. 분업과 협업이 필요한 때 파트너를 잘 만난다면 동업도 시너지 효과를 낼 수 있다고 생각한다.

04

나다움이 정답이다

"청팀 이겨라.", "백팀 이겨라."

　　　　　　경제인들의 경영 연수에서 운동회 시간을 가졌는데 다양한 경기들로 모처럼 손에 땀이 나는 시간이었다. 경기 내용마다 규칙을 이해하느라 머리도 굴려야 하는데 이겨야겠다는 마음과 굳어진 몸의 불일치는 여러 에피소드를 만들어냈다. 지정된 장소 안으로 신발을 던지는 게임은 의욕이 앞서 오른쪽 신발을 던지고 목표한 지점에 신발이 들어가지 않자 왼쪽 신발마저 던지며 맨발로 뛰어다니는 사람들로 북적였다. 팀별로 다른 색깔 방석을 여러 개 뒤집어서 같은 색깔이 많이 나오는 팀이 우승하는 게임은 방석을 깔고 앉아 있고 방석을 들고 이동하는 사람들로 아수라장이었다. 경제인들의 모임이라 우승에 대한 집념이 더 강한 건지 쌀쌀한 날씨에도

여자, 지금 당장 사업하라!

열기가 엄청났다. 이런 광경에서도 각자의 성향이 조금씩 드러나는 거 같아 흥미로웠다. 팀별로 대표 선수들을 차출하는 과정에서 나가기를 꺼리는 사람, 매 경기 대표 선수를 자처하는 사람, 경기 규칙에 따라 쉽게 승복하는 사람, 상품이나 상금에 관심이 많은 사람, 승부욕이 불타는 사람 등 다양한 모습을 보았다. 사업을 하거나 공부를 할 때도 이런 성향이 어느 정도 반영된다고 생각한다.

오후에는 이어달리기가 진행되었는데 예나 지금이나 운동회의 꽃은 이어달리기였다. 각 팀에서 조금 젊어 보이거나 날렵해 보이는 사람들은 자의 반, 타의 반으로 격전의 장소로 나왔다. 나도 등 떠밀려 나갈 뻔했지만 손발을 흔들며 강하게 거부한 덕분에 위기에서 모면할 수 있었다. 그런 일이 무슨 위기냐고 하겠지만 나에게는 트라우마로 남은 이어달리기의 기억이 있다. 큰아이가 초등학교 다닐 때 운동회에 참석했다가 이어달리기 선수로 참여하게 되었다. 사실 학창시절 다른 운동은 잘 못 했지만 달리기는 곧잘 했기에 당당하게 참여했다. 그렇지만 평소 운동이라고는 숨쉬기 운동만 했고, 마음만 우사인 볼트였다. 준비운동도 없이 트랙에서 바통을 잡을 준비를 하고 있었다. 경험해 본 사람은 알겠지만, 그 순간 심장 소리는 스피커를 최고 볼륨 상태로 만든 것처럼 귀를 윙윙거리게 하고 심장이 터지기 일보 직전이다. 드디어 앞 주자가 달려와서 나에게 바통을 넘겼고 다행히 바통을 떨어뜨리지 않았다. 이제 보란 듯이 뛰어서 상대 선수를 추월하면 된다. 그렇지만 뛰자마자 오른발, 왼발이 꼬이면서 한번 휘청했고 다시 몸의 균형을 잡자마자 한 번 더 엉킨 스텝은 세 발짝을 뛰지 못하고 균형을 잃은 채 그 자리에 고꾸라졌다. 청바지는 찢어지고 무릎에서 피가 줄줄 흘렀다. 아픈 건 둘째고 창피함에 빨리 일어나지를 못했다. 처음부터 뒤처진 우리 팀은 내가 넘어진 탓에 사이가 더 벌어져서 우승하지 못했다. 경기가 끝나고 다른 어머니들이 달려와서 양호실을 가자고 했으나 괜찮다며 억지웃음을 보이고 그 자리를 빠져나왔지만 창피한 만큼 무릎부상이 만만 찮았다. 자갈이 많이 있는 쪽에 넘어져서 두꺼운 청바지와 무릎이 찢어져 한동안 고생했다. 그런데 오늘도 뛰다가 넘어지는 선수가 생겼다. 아마 나처럼 몸과 마음이 따로 움직였으리라.

운동회가 아니더라도 계단을 올라가다 혹은 길을 가다 넘어졌을 때, 우리는 자신의 다친 부분을 먼저 살펴보지 않고 다른 사람들이 보고 있는지부터 확인한다. 다수가 모인 장소에서 자신의 의견을 발표할 때도 남들이 뭐라고 생각할지 눈치 보고, 손을 들려고 해도 옆사람 눈치를 보는 경우가 많다. 인간은 사회적 동물이니 어쩔 수 없긴 하지만 우리는 남의 시선을 너무 의식한다. 물론 남을 전혀 의식하지 않고 함부로 행동하는 것도 문제가 될 것이다. 그렇지만 지나치게 남을 의식하다 보면 인생살이가 너무 힘들어진다. 사실 내가 의식하는 만큼 다른 사람들은 나에게 크게 관심이 없다. 더 우스운 건 다른 사람들도 나의 눈치를 보고 있고 결국 부담스럽게 서로 의식한다는 것이다.

유난히 하체가 튼실한 나는 젊을 때 누구나 입어본 청치마를 한 번도 입어본 적이 없다. 뚱뚱한 다리를 감추느라 매일 청바지를 입고, 어쩌다 치마를 입는 날에는 롱드레스와 비슷한 치마를 입고 다녔다. 더운 여름에 긴 치마를 입고 다닐 때는 다리에 땀띠가 날 지경이었고, 계단을 내려오다 치맛단에 걸려 넘어지는 위험한 곡예를 하다 한번은 계단에서 구른 적도 있다. 다행히 지나가는 사람은 없었지만 등에 식은땀이 어찌나 흘렀는지 모른다. 대학교 때 나를 기억하는 선후배와 친구들은 나이답지 않게 긴 치마를 입고 다니는 특이한 여자아이로 많이 기억했다. 위험을 감수하고 더위를 참으면서도 긴 치마를 입던 나는 옷을 입으면서도 다른 사람의 시선을 의식해서가 아니었을까? 지금도 나의 하체는 다른 사람들보다 실하다. 그렇지만 지금은 길든 짧든 상관없이 입고 싶은 치마를 당당히 입는다. 적어도 옷을 입을 때만큼은 다른 사람들의 시선보다 내가 입고 싶은 옷을 입고, 며칠이라도 같은 옷을 입는 자유를 누려본다. 그만큼 자존감이 올라갔다고 위로하며……. 레고 센터를 운영할 때는 학부모들과 상담을 해야 하니 옷에 신경을 많이 썼다. 그래서 이 옷 저 옷 고민하지 않아도 되는 생활 한복을 입고 출근할 생각까지 했지만, 센터 선생님들의 반대로 무산되었다.

사람마다 중요하게 생각하는 기준이 다르고 사는 방식도 다르겠지만, 내가 한 행동과 선택이 남들에게 피해를 줄 정도가 아니라면 남들의 시선을 너무 많이 의식하지 않았으면 한다. 어차피 모든 사람이 나를 좋아할 수 없고 남과 비교하면 열등한 부분이 있기 마련이다. 있는 그대로의 나를 사랑하고 나 자신을 믿어야 한다. 자신의 한계를 극복하지 못하게 하는 적은 다른 누구도, 세상도 아닌 바로 자기 자신이다. 요즘 책들을 보면 '나는 나로 살기로 했다', '나는 까칠하게 살기로 했다', '나는 둔감하게 살기로 했다', '나는 단순하게 살기로 했다', '나는 뚱뚱하게 살기로 했다', '나는 뻔뻔하게 살기로 했다' 등 있는 그대로의 나로 살고 싶은 사람들의 공감을 얻으며 많은 사랑을 받고 있다. 쉽지 않은 인생길이지만 영원히 데리고 살아야 할 나를 위해 나답게 살아야 한다. 자신의 모습을 가장 잘 알고 자신이 처한 상황을 정확하게 파악할 수 있는 사람은 바로 본인이다. 남의 시선 따위에 흔들리지 말고 나답게 당당하게 살아간다면 어떤 한계가 오더라도 극복할 수 있을 것이다. 다른 사람을 과도하게 의식하기 때문에 행복하지 않다. 자신의 인생을 갑이라 생각하고 나의 세상에 더 중심을 두자.

사실 우리의 명확한 목표를 달성하기 위해 남들이 우리에게 줄 수
있는 도움이 많지 않다는 것을 알지만, 남들이 뭐라고 하는지에 대
해 너무 신경을 쓴다. 이 세상에서 내가 원하는 것을 얻는 데 필요한
것은 모두 내 안에 있다. 이런 힘을 기르는 최고의 방법은 자신을 믿
는 일이라 생각한다.

조병화 시인의 〈천적〉
결국 나의 천적은 나였던 것이다!

05

눈을 좀 더 크게 뜨고

　몇 년 전 식당을 하는 친구와 함께 아이들을 데리고 일본여행을 갔다. 라면집이 첫 일정이었는데 손님으로 넘쳐났다. 우리도 예외 없이 한참 기다렸다가 가게 안으로 들어갈 수 있었다. 그렇게 오랜 시간 기다릴 정도로 라면 맛은 특별하지 않았지만 인테리어와 운영방식이 상당히 특이했다. 1인분씩 주문하고 먹을 수 있도록 독서실 같은 칸이 있었고 고객과 커튼을 사이에 두고 주문이 이루어졌다. 치과에서 입을 헹굴 때 쓰는 컵처럼 컵을 놓으면 자동으로 적당량의 물이 나오고, 온수 통에 있는 국물은 고객이 수시로 먹을 수 있었다. 이 모든 것이 1인 테이블에서 가능했기에 너무 신기했다. 이것저것 살피느라 라면이 코로 들어가는지 입으로 들어가는지도 몰랐다. 각자 자리에서 라면만 먹고 일어나서 그런지 테이블

회전율도 높았다. 자동화 시스템이 어느 정도 갖춰져서 인건비 절약도 가능한 구조였다. 라면을 먹고 흥분해서 나온 나와는 대조적으로, 친구는 나오자마자 다음 목적지로 발길을 가볍게 돌렸다.

"우와 너무 흥미로운 집이지? 돌아가서 너희 식당도 살짝 리모델링 하거나 조그맣게 1인 식당을 저런 식으로 오픈하는 게 어때?"

"야, 여긴 일본이니까 가능하지. 한국은 안 돼. 누가 혼자서 밥을 먹냐?"

"그래도 일부 탁자만이라도 저렇게 시도해볼 만한데. 내가 식당에 관심 있으면 해볼 텐데."

"야야, 쓸데없는 소리 하지 말고 아이스크림 집이나 찾아봐. 여기 근처에 아이스크림 맛집 있다던데."

신기한 매장들을 살피느라 발걸음이 느려진 나 때문에 친구는 졸지에 아이 넷을 둔 엄마처럼 다녀야 했다. 다행히 계속 맛집만 다니니 아이들과 친구는 별 불만이 없었다.

사업 아이템이 없다고? 할 게 없다고? 아무 생각 없이 돌아다니는 건 아닐까? 친구들과 맛집을 찾아가더라도, 익숙한 길을 걷더라도 그냥 지나치지 않길 바란다. 여행을 가더라도 아름다운 경치를 보면서 그 지역의 특색도 살펴보자. 우리 주변에는 없지만 내가 이용하고 싶은 사업 아이템을 살펴보자. 여행 가서 편안하게 휴식하고

멋진 풍경을 봐야지, 그 무슨 스트레스 받는 일이냐고? 여기저기 흥미로운 매장을 살피는 일은 생각보다 재미있다. 그런 습관으로 훈련된 눈은 사업을 시작할 때 분명 도움이 된다. 모모 2호점은 시내 중심지에 있다. 계속되는 불황으로 중심 상가 곳곳이 임대로 나와 있고, 1층에도 임대라는 글이 크게 붙어 있는 것을 자주 본다. 왜 폐업을 했는지, 여기는 또 어떤 업종이 들어올지, 어떤 업종이면 여기서 살아남을지 생각해 보면 다음 사업 아이템을 찾는 데 많은 도움이된다. 새로 생긴 가게나 특이한 점포, 성공한 매장들도 자주 찾아가보자.

1952년 알베르트 아인슈타인 박사가 프린스턴 대학교에서 강의할 때였다. 작년과 똑같은 시험문제를 낸 아인슈타인 박사에게 조교가 질문했다.

"죄송하지만 이 시험은 작년에 교수님께서 같은 학생들에게 내신 물리학 시험과 똑같지 않나요?"

"맞아, 똑같은 시험이야."

"어떻게 같은 학생들에게 2년 연속 같은 문제를 내실 수가 있죠?"

"그야 정답이 바뀌었으니까"

작년에 옳았던 답이 올해 옳지 않을 수 있다. 격변하는 세상에서 고정된 정답은 없다. 삶의 모든 영역에서 정답이 바뀌고 있다. 변화에 빠르게 반응하는 능력을 키워야 한다. 눈 깜짝할 사이에 세상이 변하고 있어 혼란스럽다. 어제의 정답이 오늘과 다르고 오늘의 정답이 내일의 정답이 아니다. 예전에는 학교를 졸업하고 회사에 취직하면 평생직장으로 있을 수 있었다. 지금은 우리가 알던 일자리들이 많이 사라지고 있고 새로운 일자리들이 생겨나고 있다. 변화를 알지 못하면 일자리가 위기를 겪을 수도 있고 사업도 파산할 수 있다.

베트남 여행을 갔다가 바닥에 납작한 의자를 깔아 놓고 커피를 마실 때, 지금 시대에 맞는 레트로 열풍과 소자본 창업이 가능한 아이템이 생각났다. 그런 생각이 들면 난 짜릿한 희열감을 느낀다. 온몸의 세포들이 꿈틀대는 느낌이다. 단군 이래 이렇게 많은 아이템으로 다양한 사업을 할 수 있는 시대가 없었다. 고객들이 다양해지고 있다. 이 얼마나 다행한 일인가. 수많은 사람의 보편타당한 입맛에 맞추지 않아도 된다. 굳이 시내가 아니어도 된다. 집 근처에 일명 '슬리퍼 상권'이 뜬다. 자금이 문제라면 집 근처에서 고객들의 특성에 맞는 작은 단위로 시작해보자. 그것이 오히려 더 가성비가 높을지도 모른다. 변화하는 세상에 맞춰 끊임없이 공부해야 한다. 세상이 어떻게 변하고 있는지도 모르고 묵묵히 자기 길만 간다고 해서 성공하는 것은 아니다. 창업 박람회를 가거나 창업관련 기사를 접해보는 것도 좋다. 트렌드 분석을 하려면 대학가나 역세권같이 상권이 좋은 거리를 유심히 살펴봐야 한다. 금방 유행했다가 금방 사라지는 매장들을 많이 볼 수 있다. 성업 중이라도 개업 초기 소위 '오픈 빨'이거나 이미 하향 곡선을 타고 내려가는 경우도 많다.

"또 새 업종으로 사업자등록증 냈다며?"

"너희 신랑이 말했구나."

"응, 걱정을 많이 하더라. 거기서 폐업하는 사람들을 워낙 많이 보다 보니. 하나를 했으면 진득하니 계속 그걸 해야지 자꾸 바꾼다고."

친구의 남편이 세무서에 근무한다. 사업자등록증을 발급하러 갔다가 친구의 남편을 세무서 복도에서 마주쳤는데, 그 일을 친구에게 얘기한 모양이다.

"그래서 내가 얘기했어. 우리 친구 망해서 새로운 거 하는 거 아닐 거라고!"

"흐흐, 고맙다. 대변해줘서."

"평생 공무원으로 근무해서 그런지 우리 신랑은 너를 이해 못 해."

"이해 안 되겠지. 한 우물만 판 사람이니까."

"요즘 세상에는 박 대표 같은 사람이 유리해. 급변하는 세상에 안 되는 일을 계속 후벼 판다고 되나?"

어느 교수님이 나 듣기 좋으라고 하신 말씀이다. 이 말이 맞든 틀리든 한 우물을 파며 큰 성공을 이루는 사람도 있지만, 나처럼 새로운 도전을 좋아하고 그 일을 이루어내는데 성취감을 가지는 사람도 있다. 주변에서는 그런 나를 이상한 눈으로 보기도 하고 걱정하기도 한다. 돈이 많아서 자꾸 일을 저지르는 줄 아는 사람들도 있다. 단짝 친구는

"너는 참 고생을 사서 한다. 잘되는 걸 팔고 또 새로운 걸 하고, 또 고생해서 이루어서 먹고 살 만하면 또 딴 거 하고."

내가 좋아서 선택한 일이고 이루어내면 그 뿌듯함, 성취감이 얼마나 큰지 느껴보지 못한 사람은 절대 알 수 없다. 얼마나 큰 희열감인지. 그렇게 되면 어떤 일이든 두려울 게 없다.

"박 원장, 앞으로 뭐 하면 좋을까? 진짜 할 게 없다. 뭘 해 먹고 살지?"

"난 할 게 너무 많은데요?"

"박 원장이 생각하는 거 말고. 우리가 할 수 있는 거 추천해 줘봐."

아니 누구는 할 수 있고 누구는 할 수 없는 게 정해져 있나? 경쟁자도 없어야 하고 잘 되면서 안정된 일을 찾는다고 한다. 남들이 이미 성공한 것은 늦고 새로운 일을 찾아야 한다고 하면서, 새로운 일은 두려워서 못한단다. 모든 일이 그렇겠지만, 못 하는 이유는 널리고 널렸다. 특히 창업을 앞두고 망할 것 같은 이유를 끝없이 열거하는 사람들이 있다. 잘되는 경우만 생각하고 창업해도 망할 가능성이 큰데, 그런 부정적인 생각만 하면서 사업을 하려는 사람은 아예 안 했으면 한다. 나는 크게 성공하지는 못했지만, 꼭 성공할 거라고 마음먹은 일들은 다 이뤄냈다. 흔히 말하는 끈기와 노력으로 이뤄진 것인지 운으로 이룬 건지 모르겠지만, 나는 내 사업이 실패할 거라는 생각을 한 번도 해보지 않았다. 실패하게 되면 거기서 배우고 다른 방법을 모색해서 성공으로 향하면 되는 거 아닌가? 시련은 있었지만 실패는 없었다고 말하고 싶다.

06

들어온 복 걷어차기

　　나는 사업장에서 예행연습을 자주 하는 편이
다. 그래서 직원들이 연기학원 온 것 같다는 이야기를 하곤 한다. 학
원을 할 때는 교사가 학부모와 아이들의 입장이 되어 여러 가지 시
연을 해본다. 분기별로 열리는 부모참여 수업이 다가오면 교사들은
학부모와 아이가 되어 학원 문을 열고 들어오는 것부터 시작하여 신
발을 벗고 실내화로 갈아 신고 유인물을 받고 교실로 이동하여 참여
수업을 해보고, 수업 중간의 쉬는 시간에 화장실 가는 동선과 다과
종류에 따른 불편함은 없는지 확인한다. 참여 수업을 마치고 귀가하
는 장면까지 모두 시연해 본다. 그렇게 하다 보면 실제 진행하면서
생길 수 있는 다양한 변수들을 줄일 수 있고 참여자들의 만족도도
높일 수 있다. 회의하면서 아무리 많은 의견을 내고 준비를 한다 해

도 실제로 진행해보면 생각지도 못한 일들로 당황하기도 하고, 막연히 잘할 수 있을 거라는 생각만으로 행사를 진행하면 서로 불편한 관계로 행사가 끝나기도 한다.

음료가 셀프서비스로 운영되는 모모 모임 공간에서도 예외는 아니다. 음료 기계들이 모여 있는 음료대 쪽이 더러우면 고객은 어떤 생각으로 음료를 이용할지, 고객이 들어왔을 때 어떻게 맞이하면 고객의 기분이 좋아지고 우리 사업장의 이미지가 좋아 보일까를 항상 고민하고 직원들과 생각을 공유한다.

분점을 했던 사장이 전기세를 아낄 마음에 가게 내부의 전등을 거의 끄고 컴컴하게 있을 때 고객이 왔다. 어떤 일들이 벌어졌을지 상상이 되는가? 사업에 따라 그에 맞는 매장 분위기를 지녀야 한다. 특히 모임 공간은 공부, 면접 준비, 회의 등이 이루어지기 때문에 밝아야 한다. 어두운 가게를 들어온 고객은

"가게 영업시간이 끝났어요?" 하며 당황하고 어쩔 줄 몰라 했다. 고객이 어두워서 무섭고 불편하다 하니

"우리나라는 전기낭비가 너무 심하니 전기를 아껴야 해요." 라고 응답했다.

물론 전기를 아끼고 절약해야 하는 건 맞는 말이다. 그렇지만 고객의 입장에서는 어두워서 불편하고, 사장의 가르치는듯한 대답이

불쾌할 수 있다. 약간 화가 난 상태로 고객은 부스로 들어가면서 스위치를 못 찾아서 불을 켜달라고 하니

"스위치가 문 안쪽에 있으니 직접 켜면 되는데……." 라며 중얼거리고 부스에서 나온다. 퉁명스럽게 내뱉은 다음의 말과 행동은 하지 말았어야 했는데 불쾌함의 정점을 찍었다.

"음료 컵은 밖에 있으니 셀프서비스로 이용하세요."

"셀프서비스? 어디서 어떻게 하라는 거야?"

지방에는 모임 공간이 흔하지 않기에 처음 이용하는 고객들이 많다. 이런 경우 이용방법을 몰라서 당황해하는데, 친절한 설명은커녕 아무 생각 없이 뱉어내는 말투는 고객을 내쫓는 것과 같다. 이에 점점 화가 난 고객은 한마디를 하고 가게를 나가 버린다.

"전기세는 사장님 댁에 가셔서 본인 거나 아끼세요. 그렇게 전기세가 아까운데 가게는 왜 차려서 간판 켜고 음료 기계들은 돌립니까?"

2명이 왔는데 앞으로 이 고객들은 두 번 다시 안 올 것이라 확신한다. 2명 정도는 안 와도 별문제가 없다고? 고객을 한 명 모으는 게 얼마나 힘들고 어려운지 아는 사람이라면 이 상황에서 저절로 탄식이 나올 것이다.

사업장을 오픈한 후 돈을 들여 홍보하기도 하고 여러 가지 방법들로 가게를 알리면서 고객이 오길 간절히 바랄 것이다. 특히 오픈 초

기에는 더더욱 그럴 것이다. 부단한 노력으로 점점 소문이 나고 고객들이 많이 찾아오게 되었어도 초심을 잃어서는 안 된다. 새로운 고객을 많이 오게 하는 것도 중요하지만, 찾아준 고객을 단골로 확보하는 게 더 중요하다. 가게를 나갈 때 좋은 이미지를 가지고 돌아간 고객이라 하더라도 주변에 그 가게를 홍보해 주는 일은 매우 이례적이다. 굳이 힘들게 홍보할 필요도 없고 본인에게 큰 득이 되는 것도 아니기 때문이다. 그러나 나쁜 이미지를 가지고 돌아간 고객은 주변에 그 가게에 대해 나쁜 소문을 낼 가능성이 크다. 본인이 받은 나쁜 이미지보다 더 드라마틱하게 표현하면서 말이다. 거의 지방 방송국 수준이다. 고객이 나빠서 그런 게 아니라 사람의 심리가 대부분 그렇다. 그래서 가게를 한 번이라도 찾아준 고객에게는 정성을 다해 응대해야 한다. 수많은 가게 중 우리 가게를 선택해서 와준 고객이다. 불편하지 않도록 친절하게 최선을 다해야 한다. 그렇게 한다면 한 번 온 고객은 다시 올 것이고 단골이 되어 자주 오게 되고 소개까지 하게 된다.

모모 모임 공간을 처음 시작했을 때 사람들에게 잘 알려지지 않아 고객이 거의 없었다. 고객이 한 명도 없는 날도 있었다. 그때 왔던 고객들의 얼굴은 거의 다 기억하고, 어떤 목적으로 모모를 이용하러 왔는지 서로 얘기도 나눴다. 내가 좀 더 나이가 많다는 이유로 인생

여자, 지금 당장 사업하라!

선배라 생각하고 고객들은 현재 자신의 고민이 무엇인지 의논도 하고, 인생살이에 대해 질문도 하고 푸념도 하며 많은 얘기를 나누다 가곤 했다. 취업 준비를 하는 고객들이 많았는데 그들에게는 시간과 돈이 많이 부족했다. 공부하다가 식사시간을 놓치거나 식비로 지출할 돈이 좀 모자란 일도 있어 토스트와 잼을 준비해두었다. 주변 사람들은 안 그래도 매출이 없는데 토스트까지 준다며, 자선사업가도 아니면서 쓸데없는 일을 한다고 반대가 많았다. 이렇든 저렇든 망할 거니까 스스로 포기하고 그 시기를 앞당기느냐고 비아냥거리기도 했다.

여기저기서 걱정스러운 마음에 여러 조언을 했지만 나는 흔들리지 않고 계속 토스트를 서비스로 내놓았다. 토스트 제공시간이 한정되어 있었고, 모든 고객이 토스트를 먹는 게 아니므로 주변 사람들의 염려만큼 지출이 많은 것도 아니었다. 고객들은 그런 서비스에 만족했고 주변 사람들에게도 많이 알려져서 토스트 덕에 오히려 매출이 늘었고 가게 이미지도 좋아졌다.

그런데 한때, 모모 지점에서 불경기를 이유로 토스트를 없애려고 했다. 내가 반대를 해서 어쩔 수 없이 빵은 제공하지만 잼은 없앴다. 이 얼마나 근시안적인 사고인가? 잠시 눈에 보이는 작은 지출이 앞으로 가져다줄 큰 수입을 보이지 않게 한 것이다. 다행히 현재 모모 지점의 사장은 사업에 대한 가치관이 좋아 고객들의 만족도가 높은 편이다.

　사업을 하면서 성공한다는 것은 어떤 의미일까? 돈을 많이 벌면 성공하는 걸까? 저마다의 기준을 가지고 사업을 하겠지만 고객을 배려하지 않고 사업주만 배부르겠단 생각으로 사업을 한다면 아무리 좋은 아이템으로 사업을 한다 해도 곧 문을 닫게 될 것이다.

　사업이든 인간관계든 서로 이롭게 하지 못하면 관계가 지속되기 힘들다. 본인에게 이익이 되지 않는데 계속 관계를 유지할 수 있는 건 가족관계 외에는 불가능할 것이다. 여기에서 이익이란 꼭 금전적인 이익만을 말하지 않는다. 고객이 존재하는 사업체는 고객의 입장과 눈높이를 맞춰야 한다. 고객 만족에서 고객 기절 시대라고들 한다. 좀 과장되지만, 고객이 만족해서 기절할 정도로 고객에게 감동을 줘야 한다. 물론 고객이 왕이던 시절처럼 무조건 고객을 떠받들라는 얘기는 아니다. 고객에게 진심으로 대하면 진상 고객도 단골로 돌릴 수 있다. 경험상 까칠했던 고객이 충성고객으로 변하는 경우가 많았다.

07

돈이 없지 가오가 없나

　　모모의 특성상 매일 다양한 고객들을 만난다. 전화 예약을 하면서 영업시간 전에 본인이 이용해야 하니 개점을 해 달라고 요구하다가 운영 시간을 말씀드리면 막무가내로 화를 내는 고객도 있다. 공부하는 고객들이 있다고 안내해도 복도에서 큰 소리로 잡담과 통화를 하는 고객, 예약 당일 취소 전화도 없이 나타나지 않는 고객들도 있다. 이런 염치없는 사람들을 보면서 나 자신을 돌아보게 된다. '염치'란 체면을 차릴 줄 알며 부끄러움을 아는 마음이라고 한다. 적어도 자기 자신에게는 부끄럽지 않게 행동을 했으면 한다.

　　직원을 도와 휴지통을 정리하다 보면 너무 화가 난다. 남은 음료를 버리는 곳과 종이컵 수거함이 따로 있는데, 음료와 온갖 쓰레기를 넣은 채 버려진 종이컵들이 수두룩하다. 토스트 빵과 잼도 버려져 있다. 모모는 음료를 무한 제공하고 토스트 시간에는 빵도 제공한다. 빵을 많이 먹는 것이 문제가 아니라 버리는 것이 문제다. 무료로 제공되니 출출하지 않아도 일단 빵부터 굽고 보는 사람들이 있다. 구워서 9층 빵 탑을 만들고 옆에 잼을 수북이 짜서 산을 만든다. 고객들이 나간 부스로 가보면 테이블 위에 가지고 간 몇 개의 접시에 빵과 잼이 버려진 채 널브러져 있다. 그뿐 아니다. 빔 프로젝터 연결선, 스피커 연결선 심지어 책상과 의자까지도 망가져 있다.

'아니, 남의 물건을 이렇게 함부로 다루고 써도 되는 건가?'

세계적인 기업들의 무료 서비스가 유독 우리나라에만 예외로 적용하는 경우가 많다. 이케아의 메모용 연필, 코스트코의 핫도그용 양파 서비스, 스타벅스의 우유 서비스 등. 우리나라 기업도 비슷하다. 패스트푸드점의 음료 리필서비스 제한, 항공기 담요 서비스, 우산 무료 대여 서비스 등도 사라졌다. 여기저기서 부끄러운 시민의식을 돌아보게 된다.

교보문고와 바로드림 서비스를 진행할 때였다. 그런데 베스트셀러 코너에서 책 한 권이 사라졌다. 전날 단체 손님들이 많아 직원이 신경 쓰지 못한 사이 없어진 것이다. 도서 서비스를 준비하면서

여자, 지금 당장 사업하라!

"혹시 책이 분실되면 어쩌죠?"

"에이, 설마. 책 도둑은 도둑도 아니잖아요."

라며 걱정 반, 농담 반을 했지만, 현실로 드러날 줄이야. CCTV를 살펴보니 너무 잘 차려입은 고객이 책을 가져간 것이다. 어떤 상황이든 자기 자신을 속여 가며 가오 떨어지는 일은 하지 않기를 바란다.

영화 '베테랑'의 대사 중 이런 말이 있다.

"우리가 돈이 없지 가오가 없어?"

'가오'라는 말은 일본말로 얼굴을 뜻하지만 주로 체면, 명예, 자존심의 뜻으로 쓰인다. 똥폼이 아닌 품위를 좀 유지하자. 자신에게도 미안함을 모르는 뻔뻔함을 가진 사람은 되지 않아야겠다. 품위유지를 못 한 재벌들의 인생 말로를 보면 씁쓸하다. 법조인도 아니면서 재벌들과 정치인들이 수시로 법원에 드나드는 건 불경기에 기업 홍보를 위해, 다양하게 이슈를 만들기 위해 그러는 것일까? 물론 웃자고 하는 얘기지만, 예나 지금이나 가진 거 많은 사람들이 모양 빠지게 행동하는 경우가 너무 많다. 요즘은 갑질로 유행을 선도한다. 참고로 갑질은 계약 권리상 쌍방을 뜻하는 갑, 을 관계에서 '갑'에 특정 행동을 헐뜯어 일컫는 '~질'이라는 접미사를 붙여 부정적인 어감이 강조된 우리나라 인터넷에 등장한 신조어다. 상대적으로 우위에 있는 자가 우월한 신분, 지위, 직급, 위치 등을 이용하여 상대

방에 오만무례하게 행동하거나 이래라저래라 하며 제멋대로 구는 행동을 말한다는데, 한국에만 있는 갑질 문화가 다양한 해외 매체를 통해 보도되기도 했다. 악을 쓰며 자녀에게 소리 지르고, 일하는 직원에게 손찌검도 하는 것을 보니 많이 가져도 마음은 넉넉하지 않은가 보다. 돈이 많고 지위가 높으면 행복하고 평화롭게 살 것 같은데, 이런 갑질은 세계적으로 큰 부자가 된 사람들이 주위에 선한 영향력을 주는 경우와 비교가 많이 된다.

세계적으로 큰 성공을 이룬 기업은 이익보다 가치를 먼저 생각했다. 가치에 집중하다 보니 이익이 따라온 것이다. 신발 브랜드 '탐스'의 설립자 블레이크 마이코스키는 가난 때문에 건강뿐 아니라 삶의 질적인 면까지 영향을 받는 아이들의 모습을 보며 그들을 도와주고 싶다는 생각을 했고, 고민한 끝에 고안해 낸 것이 바로 '일대일 기부' 방식이었다. 소비자가 신발 한 켤레를 사면, 고스란히 신발 한 켤레가 개발도상국 아이들에게 기부가 되는 것이다.

수제, 친환경, 동물실험 반대, 공정 무역 등을 지향하는 화장품 브랜드 '러쉬'도 합성 방부제를 최대한 적게 사용하고 안전한 인공 성분과 천연 오일 등을 쓴다고 한다. 천연 재료로 건강하고 신선하게 만든다는 신념하에 우리가 먹을 음식처럼 만든다고 하여 제조 공장을 부엌이라고 부른다. 이처럼 성공한 기업에는 철학이 있고 기업

여자, 지금 당장 사업하라!

윤리가 있다.

주식 투자를 하라며 계속 찾아오는 후배가 있었는데, 지금 사면 최소 100배는 충분히 오른다며 당장 사라고 한다. 계속 귀찮게 찾아오기도 하고 솔깃한 마음에 사려고 했다가 은사님이 하신 말씀이 떠올랐다.

"그렇게 부자가 되는 거면 본인이나 자기 가족, 친인척에게 알리지 왜 남한테까지 알리겠니?"

세상에 공짜란 없다. 돈이 없어도 되는 사업이라며 뜬구름 잡는 소리로 이 사람 저 사람 끌어들여 힘들게 하는 사람들도 많다. 생선회처럼 날로 먹으려 하지 말고 돈이든 명예든 정당한 대가를 치러라.

나이가 들어서도 마음의 여유가 없이 돈만 좇는 사람들은 불행한 사람들이다. 소소한 행복을 느껴보지 못했거나 돈이 있어야만 행복하다고 생각하는 사람일 가능성이 크다. 가지면 가질수록 더 많이 가지려고 하면서 자기 자신을 힘들게 하고 돈만 좇다가 행복을 느끼지 못하는 거다. 돈이 많지 않아도 행복을 느끼는 사람들은 많다. 주식이나 성적만 우상향 그래프를 그리려고 하지 말고 인생도 우상향을 그리면서 점점 나아가자. 어렸을 때나 젊을 때는 좀 고생해도 괜찮다고 생각한다. 점점 나이 들수록 고생이 줄어야 하고 정신적으로, 경제적으로 풍요로워져야 한다. 그래야 마음의 여유가 생기고 느긋해진다. 같은 일을 하면서 왜 그렇게 불만이 많고 억지로 일을 하는지 모르겠다. 사실 나도 배배 꼬여서 모든 일을 삐딱하게 보고 불만이 많을 때가 있었다. 일이 잘 안 풀리니까 그랬다. 그런데 조금 뒤집어서 생각해 보니 이게 그렇게까지 할 일인가? 싶을 때가 많았다. 그렇다. 지금 당장 마음 바꾸기는 쉽지 않다. 생각이 바뀌니 일이 잘 풀리고 편안해진 것인지, 일이 잘 풀리고 편안해지다 보니 생각이 바뀐 것인지는 모르겠지만 마음의 여유를 가지고 살다 보면 행복이 보이기 시작한다.

여자, 지금 당장 사업하라!

05

성공하는 인생,
성장하는 인생

05

5장에서는
————————

당당하고 자신감 넘치는 삶을 이야기한다. 한 번뿐인 인생이다. 가족을 비롯해 주변 사람들 챙기느라 '뒷바라지하는 삶'을 살아가는 사람이 많다. 그 삶을 깎아내리고 싶은 마음은 추호도 없다. 다만, 마음속에 끓어오르는 피를 애써 누르며 자신을 스스로 작게 만드는 사람들에게 용기와 투지를 전하고 싶은 마음 간절할 뿐이다.

01

인생은 여행 같은 것

'우와, 이제 쿠폰을 하나만 더 찍으면 된다.'

오늘은 별로 좋아하지 않는 음료를 먹고 쿠폰을 찍었다. 크리스마스 시즌 음료를 포함해서 쿠폰을 찍어야 다이어리를 주기 때문이다. 이 카페를 가면 이 다이어리를 갖고 싶고, 다른 집 카페를 가면 거기 다이어리가 갖고 싶다. 문구점에서 나에게 필요한 다이어리를 구했는데, 해마다 연말이면 여기저기 카페에서 주는 다이어리에 큰 눈은 더 커진다. 어차피 여러 다이어리를 동시에 쓰지 않을 걸 알지만 내가 못 쓰면 아이들에게 주지 뭐 하며 받아오지만 정작 아이들은 필요 없다 한다. 쓸데없는 욕심 때문에 불필요한 지출을 하고 계속 모으고 있는 게 어디 다이어리뿐이랴. 집에 가면 어깨를 마사지하거나 다리를 마사지하기 위한 작은 마사지 기기들이 군데군데 있다. 여기저기 굴러다니는 볼펜들, 개업선물로 받은 여러 모양의 물병들, 크기가 작아 애매한 무릎담요, 사은품 머그잔, 뽑기 인형들, 여기저기서 받은 에코백들, 쓸모는 없지만 버리기엔 아까운 정리함 등. 이처럼 우리는 쓸데없는 물건들을 아무 생각 없이 예쁘다는 이유로 계속 모은다. 예쁜 쓰레기들을 모으고 있는 것이다.

돈이든 욕심이든 너무 많이 짊어지면 목적지에 도착하기 전에 지쳐 버린다. 꼭 필요한 것들만 남기고 짐을 가볍게 해서 살아가는 지혜를 가졌으면 한다. 단순하고 가볍게 산다고 해서 가난하게 사는 것은 아니다. 갖고 싶고 얻고 싶은 게 많아 가져도 끝이 없고, 마음만 조급해진다. 열심히 일하고 매일매일 바쁘게 살아가지만 행복하지 않다. '뭣이 중헌디' 유행어처럼 뭐가 중요한지도 모르고 매일매일 쫓기며 살고 있다.

거의 4개월 만에 딸아이가 돌아왔다. 인천공항에 도착해서 입국심사 마치고 창원 오는 공항버스를 탔다고 한다. 입국한 지 30분 정도 지났는데 공항버스를 탔다고? 공항 간 지가 오래돼서 간소화된 입국절차를 내가 모르는 건가? 화장실도 안 갔나? 빠른 진행에 놀라 쓸데없이 다양한 상상들을 해봤다.

'마중하러 가기 전에 얼른 일을 마쳐야겠다.'

시계를 보며 하던 일을 마무리하려고 서두르는데, 창원에 거의 도착했다고 문자가 왔다. 평일 낮이라 차가 안 밀려서 벌써 도착했나 보다.

'이런, 아직 출발도 못 했는데'

버스가 도착 예정시간보다 훨씬 일찍 도착했다. 터미널에 먼저 도착한 딸은 대기실에서 기다리다가 내가 도착하면 밖에 나오겠다고 한다.

'짐이 많을 텐데…….'

터미널 근처에서 직진 신호를 기다리는 찰나에 딸에게서 전화가 왔다.

"엄마, 터미널 밖을 보니 대기하고 있는 차들이 너무 많아 주차할 곳이 없어요. 그러니 옆으로 돌아서 좀 한적한 곳으로 오세요."

'아니, 짐들을 이고 지고 어떻게 이동하려고 그러는 거지? 미리 나와서 짐도 들어주고 해야 했는데……. 너무 늦었네! 내가.'

모퉁이를 돌자 딸이 보였다. 손바닥만 한 핸드백을 어깨에 걸치고, 손에는 바퀴가 달린 여행 가방 하나만 달랑 있었다.

"엥? 다른 짐은?"

"이게 다예요."

"갈 때도 그렇게 갔나?"

"네. 낡은 옷이랑 신발을 들고 가서 입고 신다가 버리고, 필요한 옷 싸게 사서 입고 왔어요. 그래서 오히려 짐이 더 가벼워졌어요."

우리 모녀는 재잘재잘 길게 말하거나 닭살 돋는 말을 잘 못하고 단답형으로 할 말만 하는 얼음 모녀다. 유럽 출발할 때 딸의 짐을 제대로 못 본 무심한 엄마. 몇 달 만에 돌아온 딸 마중도 미리 못 나온 엄마에게 쿨하게 대하는 딸.

'이런 딸의 도움으로 여태까지 일에만 몰두할 수 있었던 거구나.'

라고 새삼스럽게 생각해 본다. 집에 도착해서 짐을 살펴보니 야무지게 정리가 잘 되어있었고, 세탁까지 해왔다.

딸의 여행 짐을 정리하면서 우리의 인생을 생각해 보았다. 흔히들 우리 인생을 여행에 비유하기도 한다. 언제 쓰일지 모르지만 꼭 필요할 거 같고 없으면 불안한 물건들로 잔뜩 짐을 싸는 여행객처럼 쓸데없는 걱정과 불안, 무거운 욕심들을 가득 채우고 산다. 인생이라는 오랜 여행을 해야 하는 우리는 가벼운 마음으로 그때그때 마주치는 기쁨과 슬픔을 대하고, 버릴 것은 버리고 가볍게 즐기면서 사는 자세가 필요하지 않을까? 산티아고 순례길을 다녀온 배우 심혜진 씨의 기사를 봤다. 여행을 떠나기 전 모두 필요할 것 같아서 준비한 짐들이 막상 여행을 떠나 보니 별로 필요하지 않더란다. 다른 순례자들보다 훨씬 무겁게 보인 자신의 가방 무게를 줄이려고 매일 노력했지만, 가방 무게는 여전히 똑같았단다. 그러던 어느 날 너무 욕심이 많거나 불안해서 짐을 내려놓지 못한다는 것을 깨달았다. 용기를

여자, 지금 당장 사업하라!

내서 짐을 내려놓고 나니 가벼워서 멀리 오랫동안 걸을 수 있었단다. 내 고민의 무게가 내 짐의 무게로 느껴지고, 짐을 털어내니 고민도 줄어들었다는 기사를 보고 깊은 공감을 했다.

혼자 제주여행을 갔다. 제목이 기억나지 않지만, 영화 속의 주인공이 한 것처럼 한쪽 팔을 내고 차를 달리니 나도 영화 속 주인공이 된 것 같은 느낌이었다. 시원한 바람에 가슴이 탁 트이고 차창 밖으로 보이는 말들도 한가로워 보였다.

"야호, 신난다."

신기하다. 혼자 여행하는 것이 이렇게 가슴 뛰고 행복할 줄이야. 예전에는, 혼자 여행 가는 것은 왕따거나 주위에 가족도 친구도 없는 사람일 거라고 생각했다. 혼자 있는 시간이 필요하다고 생각될 줄이야. 나를 되돌아보며 복잡한 생각들을 정리하고 나와의 관계에 집중하는 시간은 나를 위해 꼭 필요하다.

때마침 라디오에서 흥겨운 노래도 흘러나왔다.

산다는 게 다 그런 거지
누구나 빈손으로 와
소설 같은 한편의 얘기들을
세상에 뿌리며 살지!

'아모르파티' 라는 노래다. 독일의 철학자 니체의 운명관을 나타내는 아모르파티는 '자신의 운명을 사랑하라' 라는 뜻이다. 이는 인간이 가져야 할 삶의 태도를 말하는데, 니체에 따르면 삶이 만족스럽지 않거나 힘들더라도 자신의 운명을 받아들여야 한다는 것이다. 그러나 운명을 받아들인다는 것은 자신에게 주어지는 고난과 어려움에 굴복하거나 체념하는 것과 같은 수동적인 삶의 태도를 의미하지 않는다. 자신의 삶에서 일어나는 고난과 어려움까지도 받아들이는 적극적인 방식의 삶의 태도를 의미한다고 한다.

자신의 운명을 사랑하자!

02

파도타기 인생

　어릴 때 파도타기를 즐긴 적이 있다. 정확히 파
도타기라고 표현해도 될지 모르겠지만, 검은색 큰 튜브에 몸을 맡기
고 밀려오는 파도에 이리저리 떠돌아다닌 기억이 있는데 아찔하면
서도 재미있었다. 서핑이라고 하는 파도타기는 보드를 이용해 밀려
오는 파도를 타는 스포츠다. 고도의 평형감각과 정확한 타이밍이 요
구되는 서핑은 꽤 위험해 보이지만 매력 있는 스포츠다.

　굴곡진 인생을 흔히 파도와 비교하기도 한다. 두렵기는 하겠지만
서핑을 즐기는 사람처럼, 불안하고 막연한 미래의 파도를 피하지 말
고 즐겨보자. 흥미진진한 일들은 긴장감이 따른다. 놀이기구를 탈
때도 그렇고 말을 타는 경험도 그랬다. 패러글라이딩은 하늘을 나는
벅찬 감동과 아찔함으로 정신이 혼미했다. 공중에 뜬 채로 얼마나

소리를 질렀는지 땅에 내려오니 목이 쉬어서 말을 할 수가 없었다.

인도양의 모리셔스 섬에서 살다가 멸종한 도도새는 칠면조보다 큰 새였다. 이 새도 처음에는 보통 새처럼 하늘을 날 수 있었지만, 천혜의 풍부한 먹이가 있는 자연환경에 익숙해지면서 날개가 퇴화했고 비행능력을 잃었다고 한다. 날지 못하는 도도새는 나무 위에 둥지를 틀 수 없었기 때문에 땅에 둥지를 틀고 알을 낳았으며 나무에서 떨어지는 과일을 먹고 살았다고 한다. 처음 발견한 포르투갈 선원들이 날지도 못하고 도망도 못 가는 이 새를 '바보' 라 뜻하는 포르투갈어 '도도' 라고 불렀다고 한다. 이처럼 현재에 안주하고 편안함만 추구한다면 우리도 도태될 수 있다.

자녀가 있는 부모라면 한 번쯤은 성장통을 지켜봤을 거다. 성장통으로 무릎과 다리가 아프다고 통증을 호소하고 짜증을 내지만 성장을 위한 과정이다. 성장통을 멈춘다면 성장도 멈추거나 더디다는 의미다. 성장기뿐 아니라 살아가면서 겪게 되는 성장통도 잘 극복한다면 더 큰 발전이 있게 될 것이다.

잔잔한 바다에서는 유능한 뱃사공이 만들어지지 않는다는 영국 속담이 있다.

바다에서 고기를 잡으려면 큰 파도를 감당할 수 있어야 한다.

여자, 지금 당장 사업하라!

'실패는 성공의 어머니'라는 말이 있다. 만약 실패가 성공의 어머니라면 세상은 성공한 사람들로 넘쳐나야 하는데 현실은 그렇지 않다. '실패는 실패의 어머니'일 가능성이 크다. 또한 '성공은 성공의 어머니'일 가능성도 크다. 실패가 실패를 낳고 성공이 성공을 낳는 이유는 간단하다. 누구든지 실패를 거듭할수록 머릿속에 실패에 대한 기억이 많이 저장되어 실패를 예감하기 쉽다. 성공한 모습은 잘 떠오르지 않고 부정적인 생각만 하게 된다. 반면 성공한 경험이 많을수록 성공을 예감하기 쉽다. 작은 성공을 자주 경험하면 큰 성공으로 이어진다는 말에 공감한다. 머릿속에 성공을 상상하자. 생각하기 나름이다.

여러 번의 기회가 오지만 준비된 사람만이 그 기회를 잡는다고 한다. 취업할 때도 승진할 때도 사업을 할 때도 준비가 잘 되어있다면 언제든 기회를 잡을 수 있다. 예전에는 세 번의 기회가 온다고 했지만, 시대가 변했다. 기회는 언제든 우리 주변에 머물고 있다. 우리가 잡을 준비가 되어있지 않을 뿐이다. 기회가 지나갔다 해도, 다시 홈을 메우며 삽질을 해보는 거다. 어차피 다 처음 사는 인생, 정답은 없으니까.

"하나, 둘, 셋!"
또 사진을 찍는다. 음식이 나오면 나는 수저를 들고 덤비는데, 같이 간 사람들은 사진을 찍느라 항상 나를 꼼짝 못 하게 한다. 기도하는 의식보다 사진 찍는 의식을 하는 사람들이 더 많은 거 같다. 그리고 모이면 일단 사진을 찍는다. 왜 그런지 사진 속의 내 얼굴은 항상 어색하다.

"야, 평소에는 잘 웃는데 사진만 찍으면 웃는 것도 아니고 우는 것도 아니고. 표정이 그게 뭐냐?"

"우리처럼 자주 사진 찍고 집에서 거울 보고 연습 좀 해라."

그렇다. 웃기는 하지만 어색하기 그지없다. 고기도 많이 먹어 본 놈이 잘 먹는다고, 사진도 많이 찍어 보고 이런저런 표정을 지어봐야 자연스럽게 웃고 있는 사진이 나온다. 연습하면 자연스럽고 예쁜 미소가 나오듯 다양한 시도로 멋진 인생도 경험해 보자.

이탈리아의 영화배우 안나 마니냐가 나이가 들어 사진을 찍게 되었는데, 사진사와 나눈 대화가 감동적이다. 사진을 찍기 전에 그녀는 걱정스러운 얼굴로 사진사에게 부탁했다.

"사진사 양반, 절대 내 주름살을 수정하지 마세요." "아니 왜요?" "그걸 얻는 데 평생이 걸렸거든요."

꿈을 이루고 자신에게 만족하는 사람들은 자신을 포장하거나 숨기려고 하지 않는다. 그들은 주어진 모든 것에 최선을 다했기에 모든 것을 있는 그대로 보여주며 함께 하기를 바란다고 한다. 주름이

여자, 지금 당장 사업하라!

든 흰머리든 그 모든 것에 자신이 살아온 모든 기록이 담겨 있는 훈장이기 때문이다. 힘든 고난까지도.

70세가 넘은 대표님과 식사를 하는 자리였다. 그분은 지역에서 크게 성공하셨는데 이런 말씀을 하셨다.

"박 대표, 나는 제대로 교육을 못 받아서 영어는 잘 모르지만, No pain, No gain은 뭔 말인지 알아. 이 세상에 고통 없이는 얻는 게 하나도 없어."

말씀하신 성공담을 요약하자면, 인생은 여러 고난과 시련을 이겨내며 그 과정을 연습하는 것과 같다고 하신다. 그분의 살아온 인생을 다 알 수는 없지만 공감하는 말이다. 뭔가를 이루려면 고통이나 위기가 존재한다. 피할 수 없다면 두려워 말고 짜릿한 파도타기를 즐기자.

'왕관을 쓰려는 자, 그 무게를 견뎌라!'

03

개처럼 산다는 건

"흰곰이, 앉아! 하이파이브! 손! 턱! 코!"

"아니. 흰곰이 혹시 개의 탈을 쓴 사람 아니야?"

흰곰이는 밥을 먹기 위해 주인이 시키는 명령을 다 완수한다. 먹고자 하는 욕망과 주인에게 사랑받기 위해 이런 훈련을 모두 해내는 걸 보면 대단하다.

아이들이 예전부터 개를 키우자고 했지만 관리할 사람이 없다며 계속 반대했는데, 딸이 솜뭉치만 한 강아지를 데려왔다. 너무 귀여워서 쫓아내지 못하고 키우기로 했다. 흰 아기곰 같아 '흰곰이'라고 이름 지었다. 주변 사람들은 이름처럼 크게 자라면 어쩔 거냐고 걱정했지만, 적당히 예쁜 크기로 자랐다. 순종이었으면 곰만큼은 아니지만 크기가 많이 커서 실내에서는 키우기 힘들었을 텐데, 다행인지 불행인지 우리 집 개는 순종이 아니었다. 하여간 개 때문에 대화거리가 많이 늘어 가족 분위기가 좋아지고 화목해졌다.

개 사료를 사기 위해 반려동물 가게를 갔다. 그런데 가게 주인의 강아지가 옷들이 걸려있는 한쪽 벽면을 계속 보고 있었다.

"저 강아지도 옷 욕심이 많나 봐요. 계속 옷만 보고 있네요."

"아, 옷 있는 벽 뒤에 미용사가 있는데 간식을 잘 주고 많이 예뻐하거든요. 그 미용사가 나올 때까지 기다리고 있는 거예요."

개는 자기를 좋아하는 사람을 귀신같이 안다. 주인에 대한 충성도는 이루 말할 수가 없다. 몇 년 전 텔레비전 프로그램에서 개그맨 이경규 씨가

"집에 가면 반겨주는 가족은 개밖에 없어요."

라고 말해 많이 웃었는데 이제는 주변에서도 그런 말을 자주 듣는다. 퇴근해서 집에 가면 흰곰이가 꼬리를 흔들고 빙글빙글 돌면서 격하게 반가워한다. 피곤해서 잘 놀아 주지 않거나 야단을 쳐도 주인에 대한 사랑은 한결같다. 개그맨 지상렬 씨가 토크쇼에 나와서 '개만큼만 살자'가 본인의 신조라고 했다. 그냥 웃어넘기거나 욕할 일이 아니라고 생각한다. 어느 날, 박웅현 씨의 책 《여덟 단어》를 읽다 '개처럼 살자'를 보고 깜짝 놀랐다. 개처럼 살자니. 그런데 읽어 보니 수긍이 갔다.

개를 키우고 관찰하면서 우리의 삶과 비교해 보았다. 개는 본인 소유의 전 재산인 공을 주면 세상 다 얻은 것처럼 기뻐하며 가지고 노는 데만 집중한다. 밥을 주면 행복하게 밥을 먹고, 배부르면 기분 좋고, 산책하러 가면 전력 질주를 하며 내달린다. 주인이 안 놀아 주면 삐치고, 배고프면 슬프고, 개는 매 순간 집중해서 최선을 다한다. 반면 우리 인간은 매 순간 집중하거나 최선을 다하는 일이 쉽지 않다. 개처럼 사는 것도 힘이 든다니. 현재의 순간에 집중하는 개는 밥을 먹을 때 밥만 먹고, 잠잘 때 잠만 잔다. 우리처럼 밥 먹을 때, 자기 전, 눈 뜨자마자 오만가지 생각을 하지 않는다. 동물이니 단순해서 그렇고, 개의 생각을 어찌 아느냐고 반박하면 어쩔 수 없지만, 우리는 많은 생각들로 현재에 충실하지 못한 것은 사실이다. 사람은 생각하는 동물이니 그렇다고 해도 생각의 대부분은 걱정이다. 개는 어제 일을 후회하지 않으며, 잠잘 때 내일

여자, 지금 당장 사업하라!

의 일을 걱정하지 않는다.

우리는 과거의 후회와 미래의 불안 때문에 현재를 충실히 살지 못한다. 돌아갈 수 없는 과거나 아직 오지 않은 미래에 집착하고 고민한다. 오늘에만 집중해라. 지금 이 순간을 집중해서 살라고 하지만 그것을 위해 또 어떻게 해야 할지 고민한다. 순간을 위해서 또 다른 의미를 두지 말고, 그냥 이 순간에 집중해서 살아라. 막연하고 쓸데없는 근심은 자신을 스스로 괴롭힌다.

미국의 심리학자 어니 젤린스키에 의하면, 사람이 하는 걱정의 4% 정도만 우리가 해결할 수 있는 일에 대한 것이고 나머지 96%는 그렇지 않다고 말한다. 결국, 96%의 걱정은 하나 마나 한 셈이다. 쓸데없는 걱정과 염려로 자신을 괴롭히기보다는 일상의 스트레스를 적절히 관리하면서 현재에 충실하자. 현자들의 말처럼 살아보니 걱정했던 일들은 걱정만큼 실제 일어나지 않는다. 오늘은 어제 걱정하던 내일이다. 어제 했던 고민이 아침에 일어나보면 저절로 해결되거나 중요하지 않은 일로 바뀌기도 한다.

'걱정을 해서 걱정이 없으면 걱정이 없겠네.' 라는 티베트의 속담이 있다.

흥미로운 건 지금 행복하면 과거의 불행 또한 좋은 추억이 된다고 한다. 과거의 힘들었던 경험이 소중한 경험이 된다. 힘든 과정을 추억으로 떠올리며 입가를 잔잔하게 미소 짓게 하는 것도 지금 행복하기 때문이다. 지금 행복하면 미래도 행복할 수 있다. 지금 행복하면 과거도 소중한 추억으로 바꿀 수 있고 미래도 행복하게 바꿀 수 있다. 지금 행복하게 살자. 멀리서 보면 멋진 풍경이 가까이서 보면 그냥 나무와 바위들로 이루어져 있다. 멀리 바라보며 찾지 말고, 자신이 있는 지금 여기 이곳에서 간절하게 찾으면 된다.

흔히 불평의 소리로 '개처럼 일한다.' 라고 하고, 직장에서 출세하려면 '개처럼 일해야 한다.' 라고 표현한다. 욕이나 안 좋은 표현을 할 때 개를 많이 언급하는데, 개를 관찰하니 오히려 우리가 취할 좋은 점들이 많다. 개를 키우지 않아도 주인에 대한 충성심은 여러 기사를 접해서 알 것이다. 개는 의리가 있고 한결같다. 노는 걸 좋아하는 건지 주인에게 기쁨을 주기 위한 건지 모르겠지만 개는 최선을 다해 몰입해서 논다. 성공의 법칙 중 하나는 몰입이다. 몰입의 힘은 상당히 크다. 몰입하게 되면 강력한 힘을 발휘하고 능률을 최대로 끌어올린다. 자신이 좋아하는 일을 하면 몰입이 쉽게 되고, 문제 해결에도 큰 도움이 된다.

개를 산책 데려가 보면 주위의 풍경, 냄새, 조그만 소리까지 관심 있게 보고 듣고 흥미로워한다. 우리는 익숙하고 편한 상태에만 머물고자 한다. 하지만 매일 변화하는 세상에 적응하기 위해 세상을 보는 시각을 바꾸고 새로운 것을 수용하는 노력이 필요하다. 흥미를 가지고 일한다면 즐겁고 행복하게 일할 수 있다.

요즘 주변 사람들이 나에게 자주 하는 말이 있다.

"넌 천복을 타고 태어난 거 같다. 하는 일마다 대박 나고 망하는 게 없잖아."

내가 살아온 50년 세월도 부러울까? 어떻게 생각하든, 지나간 나의 과거는 힘들었지만 값진 경험이었다. 그런 시절이 있었기에 지금이 더 행복하다. 레고교육센터를 할 때 어느 선생님이

"원장님처럼 살고 싶어요. 원장님은 저의 롤 모델이에요."

라고 했다. 뭐가 부러웠는지 모르겠으나 과찬을 듣고 부끄러웠다. 나를 보고 본인의 열정을 한 번 더 확인한다는 모모의 고객들도 있다. 나를 '도전의 아이콘', '열정의 아이콘' 이라 한다.

'헉, 이렇게 되면 발바닥에 땀이 날 정도로 계속 열정적으로 더 달려야 하는 건가?'

그렇다고 억지로는 할 수 없는 일이다. 그냥 내가 하고 싶은 일을 하면서, 지금처럼 나의 속도대로 충실히 살아가면 되지 않을까? 개처럼 지금 현재에 집중하고 만족하며 살고 싶다.

04

너나 잘 하세요

"학교 마치고 집으로 오는 길에 옆길로 새면 안 돼! 집에 곧장 와서 간식 먹고 수학학원 가고 마치면 바로 논술학원 가."

학교에 다니는 자녀들이 있는 집이면 한 번쯤은 해봤을 얘기다. 지금도 이런 얘기를 들으며 기계처럼 움직이는 아이들. 진짜 옆길로 새면 안 되는 걸까?

살면서 마주치는 수많은 길들 중 크고 잘 뻗은 길만 다닌다면, 그 길이 아무리 넓어도 넘쳐나는 사람들로 앞으로 나아갈 수 없을 텐데. 그런 길은 뛰기는커녕 제대로 걸을 수도 없어 밀려서 겨우 나가거나 넘어질 수 있다. 그런데 한적한 옆길로 잠시 발걸음을 옮겨보면 예쁜 꽃도 보고, 지저귀는 새소리도 들을 수 있다. 자기 속도로 걷다가 뛰다가 쉬어갈 수도 있다. 꼭 같은 길을 가야 하나?

우리나라 부모들의 잘못된 교육방식 중 하나는 자녀들의 재능이나 관심거리를 찾기보다는 오로지 공부와 돈 되는 직업만 좇아가는 데 있다. 아침부터 밤까지 학교와 학원을 오가며 공부해서 좋은 대학가고, 졸업하면 안정적인 직업을 갖길 바란다. 학벌을 중요하게 생각하는 우리나라는 좋은 데 취직하지 못하는 것을 학벌이 낮기 때문이라 생각한다. 좋은 대학을 나오면 더 잘 살 수 있다고 생각한다. 과거에는 물론 그랬다. 공부를 잘하면 좋은 대학을 갔고 사회적으로 중요한 위치를 얻을 수 있었다. 하지만 지금은 공부를 잘한다고 해서 꼭 잘 살 수 있는 세상이 아니다. 그나마 요즘은 공부 외 다른 분야에도 관심을 가져 조금은 다양해졌지만, 누가 골프로 세계를 제패하고 돈방석에 앉았다더라 하면 우르르 골프 학원으로 몰려간다. 축구 선수, 피겨스케이트 선수, 가수, 요리사가 대세라며 자녀들을 데리고 학원 투어를 하는 부모들이 많다. 흥행하는 영화와 드라마에 따라 인기 직업이 뒤바뀌기도 한다. 의학 드라마가 뜨면 의사가, 범죄 영화가 뜨면 경찰관이, 연예인 드라마가 뜨면 연예인이, 이제는 유명 유튜버의 수입이 공개되자 유튜버가 인기 직업이다.

물론 자녀들이 어릴 때는 어떤 분야에 재능이 있고 관심이 있는지 잘 알지 못한다. 그래서 다양한 활동을 할 기회를 주고, 자녀가 의사 표시를 할 수 있는 분위기를 만들어서 함께 이야기 나누어보는 시간은 정말 필요하고 중요하다. 본인의 적성에 맞지 않는 직업을 선택해서 돈을 버는 것보다 진정으로 본인이 원하는 일을 찾을 때까지 탐색하는 시간이 필요하다고 생각한다. 모두가 돈을 최상의 가치로 여기니 서로 비교하며 우울해하고, 같은 길을 가며 밀쳐내고 밀리며 결국, 제자리걸음이다.

부모들은 집에서 행동을 잘해야 한다. 아이들과 레고 수업을 하다 보면, 집안 사정이 그대로 드러난다. 집안의 물건들을 만들고 역할 놀이를 하면서 전화기를 만들어 귀에 대고 계속 전화만 하고 있다.

"어, 그래그래. 만나서 밥 먹으면서 얘기하자."

엄마의 말투 그대로를 따라 하면서, 엄마는 온종일 전화만 한단다. 엄마 아빠가 싸우는 대사도 재현한다. 아빠가 운동하는 집은 운동 기구를 만들어서 운동하는 모습을 표현하고, 책꽂이를 만들어서 책을 읽는 시늉도 한다.

물질만능주의에 빠진 어른들 때문에 아이들의 대화도 순수함을 잃었다. 학원을 운영할 때 차량운행을 하다가 아이들이 나눈 대화 내용을 듣게 되었다.

"야, 너 몇 평이니? 너희 집 아파트 이름이 뭐야?"

"ㅇㅇ아파트"

"그쪽은 평수가 작은 아파트 단지네. 우리 엄마가 그쪽 아파트 단지 친구들과는 놀지 말라고 했어."

초등학생이 부동산 중개업자만큼 근처 아파트 단지와 평수, 학군을 꿰뚫고 있었다. 도대체 집에서 엄마가 아이에게 그런 얘기는 왜 한 거며, 그게 아이와 나눌 대화인가?

초등학교에서 반 편성을 할 때도 학부모들의 입김이 작용한다고 한다. 할 일이 없으니 옆집 남편과 아이를 비교하면서 매일 식구들을 들들 볶는다. 정작 본인은 낮에는 수다 떨고 밤에는 TV를 보며 시간을 죽이면서 말이다. 제발 너나 잘하세요.

아이들은 우리가 알고 있는 것보다 더 똑똑하다. 우리보다 진화가 더 된 건지 우리 때는 미처 생각지도 못한 것들을 생각해 낸다. 우리는 나이 들면서 지혜로워짐에 위안을 삼자. 여유와 너그러움을 가지고 진화된 자녀들을 지켜보자. 무한한 가능성을 가진 자녀들을 더는 걱정하지 말고 우리 인생이나 걱정하자. 늙어서 어떻게 할지 우리 앞가림이나 제대로 하자. 어릴 때는 공부하라고 잔소리하면서 힘들게 해놓고, 나이 들어서는 앞가림도 못 해서 자식들 힘들게 해서야 되겠는가.

세상일은 책대로 되지 않는다. 아이를 키우는 일도 그렇다. 자녀 교육에 관한 여러 가지 책을 읽어봤지만, 성향도 다르고 상황도 다르기에 더 혼란스럽기만 했다. 한 뱃속에서 나온 아이라 하더라도 성별에 따라, 서열에 따라, 그때그때 상황에 따라 변수가 너무 많았다. 게다가 일을 하니 아이들을 찬찬히 살펴볼 기회도 없었다. 첫째 아이는 정성을 다했지만 육아 경험이 없어 이런저런 시행착오를 많이 해 미안한 게 많다. 그야말로 엄마도 처음이라 잘 알지 못해 의도치 않게 아이가 시범 사례가 되었다. 둘째 아이는 다른 집에서 유아기를 보내고 집에 데려와서도 이사를 많이 다녀 예방주사를 어디까지 맞혔는지 모를 정도로 손길을 많이 못 줬다. 다른 도시로 이사를 하면서 병원을 옮겨 더더욱 알 수가 없었다.

쉬는 날 없이 일하면서 아이들에게 많이 소홀했다. 사춘기를 맞은 딸과 사이가 안 좋아지면서 관계를 회복하고자 둘만의 여행도 가보고 심리상담사도 찾아갔다. 어떤 방법도 효과가 없었다. 엄밀히 말하면, 아이는 성장하고 있는 과정이었는데 엄마 혼자 방방 뜬 것이다. 모든 것은 시간이 해결해주고 그 또한 지나가더라. 부모도 아이도 그런 과정을 거쳐야 성장한다는 생각이 든다. 돌이켜보면 장사를 한다고 나의 교육에는 관심이 없고, 공부하라고 잔소리 한 번 한 적 없는 어머니를 둔 나의 환경이 여러모로 유리했다. 학업을 따라가지 못하면 자존심이 상하고 모르는 문제를 물어볼 곳이 없으니 스스로 공부하고 알아가는 재미를 느낄 수 있었다. 우연한 기회에 얻게 된 취미는 나에게 큰 재미와 의미를 주었고, 훗날 직업과 취미활동에도 영향을 미쳤다. 이런 감정은 직접 경험해 본 사람이라면 알겠지만, 말로 글로 표현하기 힘든 짜릿한 행복함이다. 자녀에게도 그런 행복함을 느끼게 해주자. 자녀들을 사랑한다면 세상으로 내보내자. 앞으로 다가올 시대는 세상의 모든 친구가 경쟁자고 협력 대상자다.

자녀에게 사랑이라는 명목으로, 삶의 과정 중 하나인 실패를 딛고 일어설 기회조차 뺏는 건 아닌지? 모든 걸 다 해주는 게 사랑이라고 생각하는가? 언제까지나 부모가 따라다닐 수 없다. 언젠가 겪게 될 실패를 통해 스스로 일어설 수 있게, 극복할 수 있게 기회를 줘야 한다. 우리 아이에게는 실패를 안겨주기 싫다고 생각할 수도 있지만 그런 삶이 과연 있을까? 학교에 다니거나 직장을 다니면서, 결혼생활을 하면서, 사업을 하면서 남들과 비교하기도 하고 스스로 성찰하면서 실패나 좌절감을 느낀다. 작아지는 나를 느끼기도 한다. 정답이 없는 삶에서 부모도 정답을 줄 수 없다. 부모가 도와주려고 관여한 것이 자녀를 더 힘들게 할 수도 있다.

성공의 반대가 실패 같지만 성장의 관점에서 보면, 실패에서 배우고 얻게 되는 성장의 열매가 있다. 성공보다는 성장에 초점을 맞추자. 성장을 위해 성장통을 겪듯이 스스로 감내할 수 있는 시간을 주자. 내가 어떻게 해야 행복할지, 내가 원하는 게 뭔지, 나는 어디로 가고 있는 건지 늘 생각하고 또 생각하게 하자. 세상이 정한 기준에 맞춰 달려가지 말고 내가 진정 원하는 것을 향해 달려가게 하자.

고백하자면, 나도 뒤늦게 그 진리를 깨달았다.

여자, 지금 당장 사업하라!

05

하고 싶은 대로 하고 삽시다

내가 잘하지 못하는 부분에 열정을 쏟으며 에너지를 낭비하느니 잘하는 일에 집중하는 편이 낫다. 더 효율적이기 때문이다. 학창시절을 생각해 보라. 하기 싫은 수학 시험공부를 할 때면 화장실은 어찌 그리 자주 가고 싶으며 목은 왜 그리 말랐는지, 물 마시고 화장실 가기를 반복하다 보면 집중할 수 있는 시간이 부족하고 어쩌다가 한 문제를 풀고 나면 잠이 온다. 머리가 맑아야 공부가 잘된다며 한숨 자고 일어나면 어김없이 새벽이다. 그렇게 날이 밝고 수학시험은 이번에도 망했다.

팝송을 즐겨 듣던 삼촌 덕분에 팝송을 많이 들었다. 중·고등학교 때 친구들은 나에게 팝송을 배웠다고 할 정도였다. 그러면서 자연스럽게 영어를 많이 접하고 좋아하게 되었다. 영어 시간은 재미있고,

좋아하는 과목이니 성적도 좋았다.

학원을 할 때였다. 환경미화를 위해 늦게까지 고생하는 선생님들을 도와 여러 모양의 그림들을 잘랐다.

"원장님, 가위질은 저희가 할게요. 원장님은 다른 일 좀 도와주세요."

내가 자른 종이를 보니 선생님들 것과는 확실히 차이가 났다. 비뚤비뚤. 그래서 자른 그림들을 풀로 붙이는 작업을 했다. 풀 바른 그림들은 덕지덕지 지저분하게 붙어서 보기가 흉했다. 이번에는 내가 먼저 자진해서

"왜 이렇지? 분명히 선생님들 하는 거 보고 똑같이 따라 했는데……. 다른 일 도와줄게. 뭘 도와줄까?"

선생님들은 입에 풀을 바른 듯 한결같이 아무 말이 없었다. 그렇다. 내 손은 일명 '똥 손'이다. 학창시절 미술 시간에 만들기를 할 때도 내 작품은 한마디로 괴이했다. 가정 시간 요리 실습을 하면 내가 만든 건 아무도 안 먹었다. 그렇지만 창의적인 생각은 잘하는 편이다. 그래서 새로운 사업 아이템이나 창업에 대해 고민할 때면 나를 찾아온다. 부족하지만 내 생각을 듣고 용기를 가지거나 포기하기도 한다.

운동을 하면서도 많은 것을 깨달았다. 운동도 본인에게 맞는 것을 해야 한다고 생각한다. 뮤지컬 공연을 앞두고 건강관리와 몸매관리

여자, 지금 당장 사업하라!

를 위해 필라테스 운동을 꾸준히 했다. 나는 과격한 운동보다 필라테스나 요가를 좋아한다. 한번은 헬스클럽을 간 적이 있는데, 힘들어도 꾸준히 가보았지만 헬스클럽을 가는 날이면 아침부터 몸이 힘들고 일어나기가 싫었다. 나는 나를 잘 안다. 아무리 좋다고 해도 나에게 맞지 않는 운동은 못 할 것 같아 내가 좋아하는 운동을 찾았다. 자신이 좋아하고 자신에게 맞는 운동을 하면 된다고 생각한다.

사실 옷도 그렇다. 나는 부지런하지 못해 외출 준비하는데 시간이 항상 촉박하다. 게다가 매일 무슨 옷을 입어야 하는지 고민하며 시간을 보내는 것이 나에게는 무척 힘든 작업이다. 똑같은 옷을 입는 스티브 잡스와 마크 저커버그가 이해가 되기도 하고 부럽기도 했다. 어쩌다 신경 써서 옷을 차려입고 나가면 "오늘 어디 가세요?"라고 많이 물어본다. 이런 나로서는 새벽 독서 모임에 머리부터 발끝까지 한껏 멋을 내고 오는 사람들을 보면 존경스럽기까지 하다. 갑자기 이 노래 가사가 떠올라 흥얼거린다.

청바지 입고서 회사에 가도 깔끔하고 시원해 괜찮을 텐데
여름 교복이 반바지라면 깔끔하고 시원해 괜찮을 텐데
사람들 눈 의식하지 말아요.
즐기면서 살아갈 수 있어요.
내 개성에 사는 이 세상이에요.

자신을 만들어 봐요.

내가 존경하는 작가님이 나에 대해 이렇게 얘기한 적이 있다.

"대표님, 가만 보면 되게 여성스러운 거 같아요. 첫인상은 너무 까칠하고 쌀쌀맞아서 한 번만 여기서 강의하고 두 번 다시 모모에서 안 해야겠다고 생각했어요."

나는 의도적으로 사람들을 냉담하게 대하는 경향이 있다. 사람들 비위도 잘 못 맞추지만, 거절을 잘 못 하니 주변에 번거로운 일들이 많이 생겨 미리 차단하는 의도도 있다. 나와 맞지 않는 사람들과 있으면 표정에서도 드러나고 너무 불편해서 사업하기에 적합하지 않은 사람이다. 그런데도 내 주변에는 사람들이 많다.

"대표님은 인맥이 넓어서 사업이 잘되는 거 같아요."

라는 말까지 듣는다. 예전부터 거래하며 알고 지내는 사람들이 많긴 하다. 그도 그럴 것이 한번 맺은 인연이 오래가는 편이다. 거래처도 특별한 이유가 없으면 계속 유지를 하는 편이어서 10년 이상 거래를 한 곳이 많다. 특별하게 친화력이 좋은 편도 아니고, 오히려 낯가림이 있어서 먼저 다가가거나 일을 만들지는 않는다. 그런데 주위에 사람들이 많은 이유를 억지로 생각해 보니, 이기적인 생각으로 사람을 대하지 않는 것 같다. 사람을 이용하고 싶은 마음도 없고, 기왕이면 조금 한 발짝 물러서는 편이다. 양보를 하는 일이 불이익으로 돌아올 때도 있지만 이 또한 나의 스타일이다. 솔직하게 사람을 대하면 오해를 받기도 하지만, 나의 솔직함이 오히려 믿을 수 있는 사람이라는 인상을 준다고 한다. 나의 성향대로 사는 것이 편해서 그렇게 살 뿐인데 그런 모습을 좋아해 주는 사람들이 많으니 고마운 일이다.

내 생각대로가 아닌 남의 의견대로, 세상이 정한 원칙대로 사는 게 편할 때도 있다. 그런데 지나고 나면 후회할 일이 많더라. 내가 하고 싶은 대로 해야 남 탓도 하지 않고, 이루었을 때는 자존감이 올라가는 덤도 있다. 즐기고 마음에 끌리는 일을 해야 한다. 에너지를 얻고 행복해지는 일을 해야 성공할 수 있다. 부자가 되고 싶은 사람은 먼저 부자가 되고 싶다는 소망을 가지는 것부터 시작일 것이다. 성공을 믿는 사람만이 성공할 수 있다. 불가능할 거라는 생각을 하거나 실패할 거라고 생각한다면 실패할 가능성이 크다. 남의 일에 관여하며 부정적으로 말하는 사람들을 경계해야 한다. 내 사업하는 데 돈이든 아이디어든 뭐든 베푼 것도 없는 사람들 말에 신경 쓰지 마라. 사업을 시작했다면 자신만의 전략도 필요하다. 사업장에 원칙으로 세운 것은 어떤 상황에서도 지켜져야 한다. 불경기라서 손님이 없다고 당장 지출이 두려워서 고객과의 약속을 어긴다면, 고객은 우리를 신뢰하지 못하고 다른 곳으로 이동할 것이다. 불합리해서 고쳐야 한다면 어쩔 수 없지만, 경영방침으로 세웠다면 지켜야 한다.

지인들과 신년모임을 하며 한바탕 떠드는 자리다.

"야, 넌 지금 죽어도 여한이 없겠다. 넌 하고 싶은 대로 다 하고 살았지?"

"여태까지의 경험으로 봤을 때 뭘 해도 해낼 거 같으니 다음 일은 같이 하자."

"너라면 할 수 있을 거다!"

용기를 주며 나를 믿고 응원해주는 사람들에게 감사하다. 힘든 과정은 많았지만 남이 시키는 일 말고 내가 하고 싶은 일을 했다. 나의 잘못한 결정 때문에 고생도 했고, 해결도 내 방식대로 했다. 예전에는 자식들에게 가난을 물려주지 않기 위해 내가 실패하면 안 된다 생각했는데 이제는 아니다. 힘든 모습도 보고 극복하는 모습도 보면서 자생력 있는 사람으로 자라길 바란다. 다행히 우리 아이들이 구불구불한 길의 돌을 치워가며 사는 듯해 안심이다. 나는 전생에 나라를 구했나 보다. 요즘은 딸이 도시락을 챙겨준다. 나보다 요리를 잘하는 딸 덕에 조리기구들이 제 역할을 하고, 오늘 저녁 메뉴로 준비했다는 마라탕을 먹으러 퇴근을 서두른다.

러시아의 대문호 도스토옙스키가 한 말이 생각난다.

　　"사람이 행복하지 못한 이유는 자신이 행복하다는 것을 깨닫지 못하기 때문이다"

06

번호표 뽑고 찾는 행복

하버드 대학에서 재직했던 데이비드 맥클러랜
드 박사가 25년 동안 연구한 결과, 부정적인 집단의 사람과 어울리
는 것만으로도 그 사람은 이미 절반은 실패한 것이나 마찬가지라고
한다. 성공과 행복을 위해 주변에 긍정적인 사람이 많다는 것은 중
요한 일이다. 그래서 그런지 성공한 사람들 옆에는 긍정적인 사람들
이 많다. 플라세보 효과가 있다. 의사가 효과 없는 가짜 약을 환자에
게 제안했는데 환자의 긍정적인 믿음으로 병세가 호전되는 현상을
말한다. 플라세보는 '기쁨을 주다, 혹은 즐겁게 하다.' 라는 라틴어
에서 유래되었다. 이와 반대로 노시보 효과가 있다. 진짜 약을 처방
해도 그 약이 해롭다고 생각하거나 효과가 없을 것이라는 환자의 부
정적인 믿음 때문에 약효가 떨어지는 현상을 말한다. 노시보 효과로

여자, 지금 당장 사업하라!

환자가 죽음에 이르는 경우도 있다. 이는 의학에만 적용되는 것이 아니다. 긍정적인 마음은 목표를 향해 나아가 성공하는데에도 도움이 된다. 긍정적인 사람은 나에게 좋은 기운을 준다. 우산장수와 짚신장수를 하는 아들을 둔 어머니 이야기가 있다. 비가 오면 짚신장수 아들을 걱정하고, 날이 좋으면 우산장수 아들을 걱정하느라 1년 내내 어머니는 편할 날이 없다. 그렇지만 긍정적인 어머니는 비가 오면 우산이 잘 팔릴 것이고, 비가 안 오면 짚신이 잘 팔려서 기분이 좋으니 항상 행복하게 살 것이다. 어떻게 마음먹느냐에 따라 행복할 수도 불행할 수도 있다. 행복한 기분은 자신이 만들 수 있다.

나는 주기적으로 모임을 하거나 만나는 사람들이 없다. 상황이 되지 않거나 만남이 불편한 사람들이 섞여 있는 모임에 주기적으로 가는 것이 나와는 맞지 않다. 그런데 유일하게 정기적으로 만나고 함께 여행을 가는 친구들이 있다. 사회에 나와서 만나게 된 고등학교 동창들이다. 고등학교를 졸업하고 20년이 훨씬 넘어서 우연한 기회로 만나게 되었는데, 그중에는 학교 다닐 때 같은 반을 한 적이 한 번도 없고 일면식도 없는 친구들도 있다. 아홉 명의 친구들은 제각기 다 흩어져 산다. 내가 이 친구들을 좋아하는 이유는 다들 마음이 따뜻하고 긍정적이기 때문이다. 나이 들어 공부를 시작할 때, 주위에서 대부분 반대하고 쓸데없는 일이라 했지만 이 친구들은 용기를 주고 대단하다 칭찬까지 하며 건강을 염려해 주었다. 전업주부인 친구, 직장을 다니는 친구, 자기 사업을 하는 친구 등 다양하게 모여 있지만 모두가 서로를 존중하고 서로의 건강을 걱정하며 진심으로 대한다. 함께 제주도 여행을 간 적이 있었는데, 마침 태풍이 불어 거리의 나무들도 꺾이고 도로에 차들이 거의 없었다. 비바람이 많이 불어 우리가 빌린 승합차까지 심하게 흔들렸다. 운전을 잘한다는 이유로 내가 계속 핸들을 잡았는데, 흔들리는 차 속에서 안전을 위해 핸들을 얼마나 힘껏 잡았는지 집에 돌아온 후에도 며칠 동안 계속 어깨가 뭉쳐있었다. 태풍 속에서 모두 걱정은 되었지만 내가 안전 운전하는 데 방해가 될까 봐 "그래도 혜진이 덕분에 우리가 태풍을 뚫고 다니면서 여기저기 구경을 하는구나."라며 힘을 실어줬다. 나도 안전에 더 신경을 썼고 모두가 예민한 상황에서 서로를 배려하며 즐거운 여행을 이어갔다. 태풍 속에서도 색색의 비옷을 입고 어찌나 웃고 신나게 다녔던지. 간판도 날아가고 거리에 식당들이 거의 문을 닫아서 여행 마지막 날은 장을 한가득 봐 숙소로 갔는데 그 양이 어찌나 많았던지 전쟁이 나서 대피하는 수준의 엄청난 양이었다. 그런데 밤새 얘기하면서 그 먹거리를 하루 만에 다 먹어 치웠고, 학창시절 수학여행 간 여학생들처럼 낄낄대며 게임도 하고 재미있게 놀았다. 지금도 만나면 그때의 추억을 떠올리며 한참을 웃는다.

여자, 지금 당장 사업하라!

행복을 연구하는 많은 심리학자들의 연구에 의하면, 행복은 크기가 아니라 빈도라고 한다. 100점짜리 행복을 10일 누리는 것보다 10점짜리 행복을 매일 누리는 게 훨씬 행복하다 한다. 즉 큰 행복보다 작은 행복을 여러 번 경험하는 게 더 행복하다고 한다.

관계의 행복도 큰 비중을 차지한다. 1억을 주는 친구 한 명보다 만 원을 주는 친구가 많은 것이 더 행복하다고 한다. 뉴욕의 한 사례를 보면서 관계의 행복을 다시 생각해 보았다. 39살의 제프라는 남자가 여자 친구와 헤어진 뒤, 종이 한 장에 자기 전화번호와 짧은 문장 하나를 적어 뉴욕 곳곳에 붙였다.

'대화하고 싶은 사람은 누구든 전화 주세요. 외로운 제프' 이 쪽지를 보고 무려 7만 명이 연락했다고 한다. 사람에게 가장 필요한 건 사람이다.

의식주 문제가 해결되면 행복의 기준은 달라진다. 끼니를 해결할 정도가 못 되는 어려운 사람에게는 돈이 매우 중요한 행복의 조건이지만, 기본적인 의식주 문제가 해결되면 돈이 많다고 해서 모두 행복한 것은 아니라고 한다. 아무리 돈이 많아도 하루에 세 끼 이상을 엄청난 양으로 먹는 것은 불가능하고, 먹는다 해도 탈만 날 뿐이다. 사람들은 모두 저마다의 인생 노트에 부, 건강, 명예, 사랑 등의 행복 목록들을 채우느라 바쁘다. 지금 행복지수가 높은 나라들을 보면 겉치레보다는 일상의 즐거움과 의미에 더 관심이 많다. 작은 경험의 가치를 아는 나라가 행복의 상징이 되고 있다.

행복에 영향을 미치는 기간은 약 3개월이라고 한다. 기쁜 일도 슬픈 일도 생각보다 빨리 지워진다고 한다. 그래서 일상의 소소한 기쁨이 행복으로 이어진다. 작더라도 소소한 기쁨을 느끼도록 눈을 크게 뜨고 살펴보자. 또한, 행복은 구체적인 경험이라고 한다. 예를 들면, 내가 사랑하는 사람과 함께 음식을 먹는 것도 바로 행복이다.

생각해 보면, 행복이라는 단어가 사람을 힘들게 하기도 한다. 행복을 삶의 목표로 삼고 행복하지 않으면 실패한 인생 같아 우울해진다. 어찌 계속 행복할 수 있겠는가? 그러면 그것이 행복이라고 느끼겠는가? 희로애락을 겪어야 행복을 느낄 수 있다. SNS에 '나는 행복하다'라고 인증 사진을 올려야 행복하다고 강박을 가진 삶이야말로 진정 불행한 삶이 아닐까?

모모에 상담센터 선생님이 자주 예약하는 걸 보면 마음이 아픈 사람들이 참 많은 듯하다. 각박한 세상에 마음을 터놓을 데가 없다. 나를 찾아오는 사람들도 편안하게 하소연하고 본인의 고민을 얘기한다. 내가 상담 선생님은 아니지만, 얘기를 잘 들어주는 편이란다. 그래서 매일 찾아오는 사람들이 많은 편이고, 어떤 날은 모모의 부스 몇 개에 나눠서 기다리고 있을 때도 있다.

"대표님 만나려면 번호표 뽑고 기다려야 된다던데요?"

라는 농담도 한다. 잘 듣기도 하지만 독설도 잘하는 편이란다.

"대표님은 뼈 때리는 말도 잘하는데, 사실 맞는 말인 거 같아요. 그런 독설과 위로를 들을 데가 없어요."

예전에는 나만 잘되면 된다고 생각했다. '나도 힘든데 누구를 도와주며 누구를 위한다는 거지?'

다른 사람을 위해 봉사하고 희생하는 것을 가식적이라고 생각했는데, 살아보니 사람은 인간관계 속에서 성장하고 존재한다는 것을 알게 되었다. 그러다가 다른 사람과 다 같이 행복할 수 있는 일을 찾게 되었다. 모모는 상업적인 곳이면서도 사람들을 연결해주는 플랫폼 역할을 한다. 공간이 필요해서 오는 사람들에게 도움이 되고 그 가치를 인정받고 있다. 사람과 사람이 만나서 좋은 관계를 맺기도 하고 비즈니스로 이어지기도 한다. 이 일을 처음 시작할 때는 몰랐다.

'사업을 하면서 돈도 벌고 선한 일을 한다는 게 이런 거구나.'

나를 '밥 잘 사주는 누나'라고 부르는데, 받기보다 주는 게 마음 편해서 밥을 사는 일이 많아 그런 별칭이 생긴 모양이다. 내가 많이 가져서 나누는 건 아니다. 많이 가진 자라도 절대 나누지 않는 사람들도 많다. 요즘은 내가 베푼 것보다 얻고 있는 것이 더 많다는 생각을 한다. 인복이 많아 내 주위에는 나를 도와주는 사람들이 참 많다. 매장이 바쁠 때는 직원이 많아진다. 단골이나 주변 사람들이 놀러 오거나 이용하러 왔다가 모모 직원으로 변신한 것이다. 감사한 일이다.

더불어 모모가 동반 성장을 꿈꾸는 공간이 되길 바란다.

No pain, No gain
고통이 없으면 얻는 것도 없다

———

'왕관을 쓰려는 자, 그 무게를 견뎌라!'

"사업은 어떤 사람이 하는 것인가?"

'끝날 때까지 끝난 게 아니다. 절대 포기하지 마라. 언제나 기회를 포착하고 다중이 선택하는 것을 무조건 따라가지 마라. 항상 긴장을 늦추지 않고 정신력을 똑바로 갖추고 있으면 언제든 이길 수 있다.'

미국의 전설적인 야구선수 요기베라의 말이다.

사업하는 내게 와닿는 말이었다. 무너지려고 할 때마다 이 말을 떠올리며 차 안에서 혼자 얼마나 울었는지 모른다. 음악 소리에 내 슬픔의 절규가 묻히길 바라며 뜨거운 눈물을 훔치고 주먹을 다시 불끈 쥐었다. 아직 끝나지 않았다. 포기란 없다. 나는 이 모든 것을 이길 수 있다! 스스로 용기를 다지고 마음을 추스른 적이 얼마나 많았던가.

도전 앞에 주저 말길 바란다!

무턱대고 덤비란 뜻이 아니다. 내 안에 꿈틀거리는 도전정신을 있는 그대로 바라보고 인정해 주자는 말이다. 환경 때문에, 남들 시선 때문에, 지레 포기하며 주저앉지 말았으면 좋겠다. 인생이 길어졌다. 누려야 할 삶의 시간이 많이 남아있다. 지금 시작하는 것이 과연 옳을까? 고민만 하며 허송세월하지 않길 바란다.

오늘은 당신의 인생에서 가장 젊은 날이다. 오늘의 열정으로, 인내하는 마음으로, 꾸준히 준비하다 보면 꿈은 반드시 현실이 된다. 절대 포기하지 않길.

결과 못지않게 과정도 중요하다!

성과 위주의 세상이다. 돈을 얼마나 벌었는지, 얼마나 큰 성공을 했는지. 하지만 그게 전부는 아니다. 세상에 한방은 없다. 결과를 만들어내기까지의 무수한 주먹이 필요하다. 거칠고 험난한 과정 없이는 성공이란 결과를 만들어 낼 수 없다. 지난 세월을 돌아보면 내 삶에 큰 풍파가 많았지만, 오늘 나를 만들어 낸 것은 그 모든 것을 묵묵히 이겨낸 인내의 순간들이었다고 생각한다. 알을 깨부수는 과정이 없었다면 병아리는 절대 세상 밖으로 나올 수 없었을 것이다.

당당하고 자신감 넘치는 여자가 되자!

예전에 비하면 여성이 사업을 하는 것이 그리 힘든 일도 아닌 세상이 되었지만, 여전히 대표 모임에 나가면 남성의 수가 압도적으로 많다. 살림하고 아이들 키우고 남편 내조하는 것에 우선순위를 두는 삶이 틀렸다고 말하고 싶지는 않다. 문제는 마음의 속삭임이다.

'여자이기 때문에......'

'사람들 앞에서 말도 못 하는데......'

'내가 무슨......'

시작도 전에 지레 겁을 먹고 포기하는 여성들을 많이 만났다. 아이들을 위해서라는 제일 큰 변명이 내겐 통하지 않는다. 먼저 나 자신에게 당당해지고 자신감 넘치는 사람이 되면, 아이들은 그런 엄마를 바라보는 것만으로도 큰 교육이 된다는 사실을 잊지 말았으면 좋겠다.

사업은 아무나 하는 게 아니라고 반박할지 모른다. 옳다!

사업은 어떤 사람이 하는 것인가?

사업을 하고 싶다는 생각을 한 번이라도 해본 사람! 지금도 가슴속에 뭔가 꿈틀거리는 사람! 그런 사람이야말로 진정 사업가에 도전

여자, 지금 당장 사업하라!

할 만하다.

주어진 환경에서 끊임없이 고민하고 준비하다 보면, 언젠가 반드시 내 인생의 주인이 되고 경영인이 되고 대표가 되는 날이 올 거라 확신한다.

주인공의 삶은 스스로 만들어야 한다.
물러나 있기에는 당신, 너무 아깝지 않은가!

도전 앞에 주저 말아라

인생이 길어졌다.
누려야 할 삶의 시간이
많이 남아있다.
지금 시작하는 것이
과연 옳을까?
고민만 하며 허송세월하지
않길 바란다.